大国に嫁いだ姫様の侍女の私

守護神がいる国で姫様のために暗躍中です

池　中　織　奈

O R I N A　I K E N A K A

一迅社文庫アイリス

CONTENTS

大国に嫁いだ姫様の侍女の私
守護神がいる国で姫様のために暗躍中です
Taikoku ni totsuida himesama no jijyo no watashi.
ルベライト
城内でヴェルデが出会った謎の青年。宝石のように煌めく瞳が印象的。気配なく急にヴェルデの傍に現れることが多い。
ヴェルデ
フィオーレ姫のただ一人の侍女。得意な魔法を駆使して、侍女仕事をこなしつつ、諜報活動や姫の身辺警護も担っている。フィオーレ姫至上主義で、姫に忠誠を捧げている。

CHARACTER

フィオーレ

小国コラレーシアの第三王女。
自国で冷血姫と悪評を立てられている。

ルードヴィク

大国グランデフィールの王。
周辺諸国から無慈悲王と呼ばれている。

猫ちゃん

城内で見かける猫。
人間の言葉を理解している節がある。

WORD

コラレーシア王国……大陸南部に位置する小さな国。

グランデフィール王国‥大陸でも、一、二を争う国土面積を持つ大国。

グラケンハイト…………グランデフィールの守護神。
猫と関りが深い神だとされている。

イラストレーション◆にわ田

大国に嫁いだ姫様の侍女の私　守護神がいる国で姫様のために暗躍中です

Taikoku ni totsuida himesama no jijyo no watashi

序章

「はぁ……はぁ……」

森の中を必死に、何かから逃げるかのように走り回っている一人の少女がいる。

どれだけ走ってきたのだろうか。身に纏《まと》っている衣服は所々に切れ目が入っており、汚れている。

靴は逃げている間になくなってしまったのか、裸足《はだし》である。

その裸足の足には、痛々しい傷がある。

それらの痛みを感じているはずなのに、少女が足を止めることはない。

このまま走ることをやめれば、少女にとっては望まない未来が待ち受けているのだろう。

ただただ少女は走り続ける。

(早く、逃げないと……)

遠くへと足を進める。この場に留《とど》まるわけにはいかないとでもいう風に、先へと急ぐ。

「いたぞっ」

「あの娘を逃がすな!」

走る少女を見つけ、声をあげる男達がいる。

彼らの目は欲に溢《あふ》れている。まるで金の生《な》る木を見るような目で、彼らは少女を見据えている。

自身の魔力を足に纏い、一気に駆け出す。

まだ幼い少女自身の魔力量は多くない。足に魔力を込める度に、ずきずきと、心臓が痛む。

自身が無茶をしていることを把握していても、彼女は止まるわけにはいかない。

だけど、幾ら魔法で加速していても——数の暴力というものがある。

幾人もの男達が、少女を追いかけ、追い詰めていく。

そして辿《たど》り着いたのは——絶壁の崖の上である。

崖まで追い詰めた男達は、少女のことを下卑《げび》た笑みで見つめている。

(……このまま捕まるぐらいなら)

崖の下をちらりと見る。そしてごくりっと、唾をのみこむ。

少女は決断しなければならなかった。

このまま自身を狙《ねら》う者達の手に落ちるか。

それともその身を崖から投げ出すか。

そして少女は——そのまま自ら崖を飛び降りた。

命を落とす可能性は十分に高かった。それでも少女は男達に捕まるわけにはいかなかったのだろう。

落ちていった少女を、男達は焦った様子で見下ろしていた。

(ざまぁみろ。私は……お前達になど捕まらない)

まるで嘲笑するかのように落ちていく少女は微笑《ほほえ》んだ。

——そしてそれから十年の月日が経過した。

*

その日は雨が降っていた。

空から降り注ぐ雨が、窓の外を覆っている。

大陸南部に位置する小さな国、コラレーシアという名を持つその国には三人の王女がいる。

第一王女はその美しさから『薔薇《ばら》姫』と名高く、周りから慕われている。

第二王女は愛らしさと聡明《そうめい》さを持ち合わせ、『妖精姫』と呼ばれ好かれている。

そして第三王女は——、二人の姉王女とは異なり、悪評にまみれていた。

第三王女の名は、フィオーレ・コラレーシアという。

「フィオーレ様、本当に陛下の命令通りになさるつもりですか？」

コラレーシア王国の王城の一角、どこか寂《さび》れた様子の建物の中に二人の少女の姿がある。

ソファに腰かける可愛《かわい》らしい少女に問いかけるのは、黄緑色の髪をおさげに結んだヴェルデという名の侍女である。眉を顰《ひそ》め、心配げに緑の瞳が揺れている。

「ヴェルデ、そんな顔をしないで」

ヴェルデとは対照的に、向かいにいる桃色の髪の少女、第三王女であるフィオーレは微笑む。

そんなフィオーレの言葉を聞いてもヴェルデは表情を硬くしたままだった。

「そうはいっても……陛下が嫁ぎ先に指定したグランデフィールの王は、冷酷と噂《うわさ》ではないですか。私は……フィオーレ様には幸せになっていただきたいとそう思っています。ただでさえ、この国はフィオーレ様に優しくないのに……。どうしてフィオーレ様ばかりがこんな目に遭わなければならないのでしょうか」

心からフィオーレのことを思っているからこそ、ヴェルデはそんな言葉を告げる。

まっすぐな気持ちを伝えられたフィオーレは笑っている。小さく笑ったかと思えばソファから立ち上がり、ヴェルデへと近づく。

そしてその手を握って、優しく告げる。

「ねぇ、ヴェルデ。私はね、このことが良いきっかけになればいいと思っているのよ」

「きっかけですか……？」

「ええ。貴方《あなた》が私のことを心配して、そう言ってくれているのは分かっているわ。でも私はこの国で終わるつもりはないの。どんな場所であれ、嫁がせてもらえるということはこの国から抜け出せるということよ。それはとても素晴らしいことでしょう？」

全く悲壮感を感じさせないほどに、はっきりと言い切る。そしてフィオーレは言葉を続ける。

「私は新しい環境で自分の居場所を作るつもりなの。嫌々嫁ぐのではなくて、私は自分のこれからのために嫁ぐのよ。ヴェルデが恐ろしいというのならば、途中で別れましょう。でも出来れば私は貴方と一緒に行きたいわ」

命令などではないと、はっきり言い切る。その緋《ひ》色の瞳が射抜くようにヴェルデを見ていた。

フィオーレの言葉にヴェルデは一瞬ぽかんとした顔をして、吹っ切れたように笑った。

「ふふっ……本当にフィオーレ様らしい。私は当然、貴方様と一緒に行きます。フィオーレ様を一人にはさせません。必ず、守り抜いてみせます」

「ありがとう。ヴェルデ。貴方が一緒にいてくれるというだけで、私はとても心強いわ。だからこれからも私についてきなさい」

自信満々に言い切るフィオーレの言葉にヴェルデは頷《うなず》くのであった。

そのような会話がなされたしばらく後、小国コラレーシアの第三王女フィオーレ・コラレーシアは大国グランデフィールへと輿《こし》入れをした。

第一章　姫様と私は大国へ入る。

「フィオーレ様、到着までもうしばらくかかりそうですね」

「そうね。貴方《あなた》はこのような長旅初めてでしょう？　体は大丈夫かしら？」

馬車が街道を走っている。

森林に囲まれた大通りをいくつかの馬車が連なる様子は壮観な光景だ。

この一行は、大国へと嫁ぐ、私が仕える姫君フィオーレ・コラレーシア姫の輿入《こしい》れのために集められた者達である。

何台も連なる馬車の中心を走る一台に侍女である私、ヴェルデはフィオーレ様と一緒に乗っている。

馬車の中にいるのは、私とフィオーレ様のみ。

本来なら輿入れの場合、多くの侍女を連れていくものだろうけれどフィオーレ様と共に大国グランデフィールへと向かうのは私だけなの。

フィオーレ様が私のことを嫁ぎ先に連れていってくださるなんてっ。本当にそれだけで私にとって一生涯の誇りになることだわ。

私のフィオーレ様はとても素晴らしい方で、誰よりも優しいの。そんなフィオーレ様が周りから正当な評価を受けていないことは信じられない気持ちになる。だってこんな風に蔑《ないがし》ろにされるべき方じゃないもの。

信じられないことにグランデフィールからの迎えに侍女はいなかったのよ！　これは本当に双方にとって望んでいない婚姻なのだ。

私は真正面で微笑《ほほえ》むフィオーレ様に思わず問いかける。

「もちろんです。フィオーレ様は大丈夫ですか？」

「貴方が魔法でクッションを作ってくれているでしょう？　だから、全然痛くないわ」

フィオーレ様が柔らかな笑みを浮かべて告げる。

その笑みを見ていると心配な気持ちになる。フィオーレ様は望まぬ結婚を強《し》いられていて、嫁ぎ先では苦難ばかりが続くはず……。フィオーレ様を認めないとする愚かな方ばかりだったらどうしてくれようか。

少なくともフィオーレ様の生活を脅《おびや》かすような存在がいたら私は許さないつもり。

フィオーレ様はこれから自分が大変な状況に陥ると分かっていても、まっすぐで、後ろ向きなことを一つも言わない。

私はそういうフィオーレ様の一面を尊敬しているけれど、無理をしていないかといつもはらはらする。

馬車に長時間乗ると体を痛めてしまうため、私が風属性の魔法で負担を減らす形にしている。馬車での長時間移動に慣れていないフィオーレ様が痛みを感じずに済むように。

魔法とは、魔力を持つ生物が体内の魔力を使って、火を熾《おこ》したり、風を発生させるなどの事象を発生させる力である。

一般的に日常的に魔法を行使できるほど魔力があるのは王侯貴族が多い。とはいっても平民の中でも魔法の才能がある方はいるけれど。

私はフィオーレ様と会話を交わしながら、馬車の外をちらりと見る。

グランデフィールへとフィオーレ様を届けるのは、迎えの騎士達だ。驚くべきことにコラレーシアからは一人も騎士が付いてきていない。それは祖国がフィオーレ様ならばどうなってもいいとそう思っているからに他ならない。

グランデフィールの騎士達もそのことには驚いていた。

けれども彼らが納得した様子だったのは、腹立たしいことにフィオーレ様には悪評が付きまとっているからだ。

『コラレーシアの冷血姫』なんて、フィオーレ様には全《まった》く似合わない呼び方がされていることは気に食わない。

まだ私がフィオーレ様と出会った頃《ころ》はそんな噂《うわさ》は流れていなかった。

その桃色の髪は柔らかに波打っており、レッド・ベリルのような美しい緋《ひ》色の瞳はいつだってキラキラ輝いている。

フィオーレ様の母親が生きていらっしゃった頃は、将来が楽しみだと囁《ささや》かれていた。しかしあることが原因でいつしか国内だけではなく周辺諸国にまでフィオーレ様の不名誉な呼び名は広まってしまった。

それは嫁ぎ先であるグランデフィールにも知られている。

そしてそんな名が広まっている、母親の身分の低い姫君であるフィオーレ様に良い縁談が来るはずもなかった。

これもフィオーレ様の父親であるコラレーシアの国王陛下が原因だと思うと、私は怒りを感じてならない。

王族の姫君という立場であるフィオーレ様の将来は、親に決められてしまうものだ。そこに悲しいことにフィオーレ様の意思はない。コラレーシアの陛下は、フィオーレ様のことを思いやるような性格でもなく、実際に嫁ぎ先となったグランデフィールも私が手放しで喜べる場所では決してない。

……本当にフィオーレ様にはもっと相応《ふさわ》しい場所がきっと幾らでもあるのに。フィオーレ様の素晴らしさを周知する機会が出来ればこんな婚姻が結ばれることはなかったはずなのに。

「ヴェルデ、また怖い顔をしているわ。そんなに心配しないで大丈夫」

いつの間にか私は険しい表情をしてしまっていたみたい。フィオーレ様にご心配をかけてしまった。

　政略結婚の当事者であるフィオーレ様の方がずっと大変な思いをしていらっしゃるはずなのに、なんて優しいのだろうか！　私は猛烈に感激している。こんな素晴らしいフィオーレ様が幸せになれないなんてやっぱりありえない！

「……はい」

「ほら、ヴェルデ。私は可愛《かわい》らしい見た目をしているのでしょう？」

「はい。フィオーレ様は誰よりも可愛らしいです」

「この見た目を存分に利用してでも、陛下とも仲良くなってみせるわ。女嫌いだと噂だけれども、私の見た目が陛下の好みだといいわね」

　そういって無邪気《むじゃき》に笑う様子は、この世の誰よりも愛らしいと……フィオーレ様に仕えている私はついつい思ってしまう。身内贔屓《びいき》も入ってしまっているかもしれないけれど、それを抜きにしてもフィオーレ様は本当に素敵なの。

　フィオーレ様の姉姫が妖精などとうたわれているけれど、私にはフィオーレ様の方がその呼び名は似合うのにと思えてならない。

　フィオーレ様は私よりも一つ年上の十八歳。だけど私よりも背が低くて、幼さの残る柔らかな表情は見ているだけで幸せな気持ちになる。

　絹糸のように滑らかな桃色の髪も、真っ白な雪のような肌も、ぷっくりとした唇も——同性の私の目から見てもただただ可愛い。

その愛らしさは見る者の目を引く。それに性格だって、フィオーレ様は唯一無二の方なの。だから私はいつだってフィオーレ様に見惚《みと》れてしまう。

初めて会った時には大雨が降っていた。天候が荒れているその中で——フィオーレ様は美しく存在していた。

必死に走っていた私はフィオーレ様から声をかけられて、もしかしたら自分は死んでしまったのではないかと思ってしまった。だってフィオーレ様はまるで私のことを迎えに来てくれた天使様か何かのようだったから。

実際にフィオーレ様は初めて会った時の印象のそのままに私の救いの天使のような方だった。だから悪評を流されることがなければそれはもう妖精や人形といった見た目をほめたたえるような呼び名が付いたはずだわ。

あとは花や宝石などに纏《まつ》わる呼び名もきっと似合う。寧《むし》ろそういう呼び名で呼ばれてないなんて本当に悔しくて仕方がない。

フィオーレ様に全く相応しくない呼び名が広まっているせいで、迎えの騎士達も警戒している。フィオーレ様は本当に優しくて、素晴らしい方なのに。

「フィオーレ様！　嫁ぎ先では貴方様に相応しい呼び名が浸透するように私は頑張ります！」

私がそう口にすると、フィオーレ様はくすくすと笑っている。

「ふふっ、どんな呼び名が相応しいと思っているの？」

「フィオーレ様のように愛らしくて、まっすぐで、優しい呼び名がいいです！」

「そう。私も貴方の望む呼び名が浸透するように努力するわ。ヴェルデには笑顔でいてほしいもの」

もう本当にどうしてフィオーレ様はこんなに素晴らしいのかしら！

私のようなただの侍女に対して心を砕いてくださって、柔らかな色のローズカラーのような優しさを持ち合わせているの！　その優しさに触れる度に私はなんて素晴らしいんだろうってそう思うわ。

「ヴェルデ、騎士達に私の味方になってもらおうと思っているから、手伝ってくれる？」

「はい。もちろんです！」

私はフィオーレ様の言葉に嬉《うれ》しくなって声をあげてしまう。それからはっとして口を押さえる。フィオーレ様は楽しそうに笑っている。

「ヴェルデは本当に可愛いわね。貴方が私の味方をしてくれるなら、百人力ね」

それから『コラレーシアの冷血姫』の呼び名から敬遠されているフィオーレ様は、騎士達の心を掴《つか》むための行動を始める。

嫁ぎ先であるグランデフィールまでは、馬車で三週間ほどかかる。その道中からしてフィオーレ様は全く気を抜いていない。

私の見ている限り、細心の注意を払って後の夫となるグランデフィールの国王陛下に仕える騎士達の気分を害さないように行動している。なんというかフィオーレ様の良さは、見た目からは想像できないようなしたたかさも持ち合わせている点なのだ。

そういう見た目とは裏腹な強い部分もフィオーレ様の素敵なところなのよね。素敵な一面を見る度に私は内心うっとりしてしまう。

いつだって不安な顔一つ見せたりせずに笑みを浮かべている。私にはそういうフィオーレ様が素敵だと思えて仕方ない。ただ私はフィオーレ様のことが心配にもなる。

だけど、フィオーレ様は心配しなくていいとでもいう風に優しい笑みを浮かべている。

「ヴェルデ、あの方、怪我《けが》をしているようだわ。こちらを渡してきて」

「かしこまりました」

「当然、私の名は出してね」

「もちろんです」

私はフィオーレ様の名で薬を渡しに行く。

私がフィオーレ様の指示ですと言いながら薬を渡すと当然、訝《いぶか》しむ人もいた。

評判が大変よろしくないフィオーレ様がこのような行動を起こすのには何かしらの思惑があるのだろうと思われているようだ。

私が「見返りは何も要りませんとのことです」と口にすると、驚いた顔をされた。

フィオーレ様はこうして優しくすることで、何かあった時に味方になってもらえるという下心があるのだろう。フィオーレ様からしてみれば、それだけで十分なのだ。

それでも騎士達からしてみれば、もっと明確な望みを何かしらフィオーレ様が口にするとそう思っているのだと思う。

噂のフィオーレ様は我儘《わがまま》ばかりを口にして、高価なものばかりを望むと言われていた。

これから王に嫁ぐ者としてフィオーレ様自身が直接騎士に話すことはするべきことではないので、私が手足となって動いている。

王族という立場のフィオーレ様の少しの行動で大きな問題につながることも十分にあるので、慎重に行動をしているのだ。

「ヴェルデ、お礼の言葉を告げる機会を作りたいわ」

「かしこまりました。整えますわ」

騎士達の心を掴むことが出来るようにとフィオーレ様の行動は徹底していた。そこに笑顔で付き従っているのが私である。

私はフィオーレ様の命《めい》に従って、騎士達を集めた。

私が騎士達に声をかけると、彼らは驚いた表情をしていた。

いきなり、『コラレーシアの冷血姫』に声をかけられるとやはり身構えてしまうのだろうか。

……フィオーレ様の素晴らしさを理解してもらえたらこういう態度をされることもなくなる

のだろうなとは思うのだけれども。

「いつもありがとうございます。見知らぬ土地に嫁ぐことになり心細かったですが、貴方達の国だと思うと、安心出来ましたわ。嫁いだ後もよろしくお願いしますね」

野営地の一角で、フィオーレ様は騎士達を前にしてにこやかに微笑む。

ざわざわしている騎士達を前にそう告げるフィオーレ様。

庇護《ひご》欲を誘うように不安げに揺れる緋色の瞳を浮かべていたかと思えば、小さく微笑み、感謝の言葉を告げる。

噂のことがあるので騙《だま》されないようにしなければならない……と皆、自制しているようだ。

だけど何人かはころりっといっているようだ。

本当にフィオーレ様は愛らしいもの！　ちなみにこれらの一連の行動は当然、意図的に行われているものなの。フィオーレ様のこういうそつなくこなす部分も私は好きだわ。

「フィオーレ様は流石《さすが》ですわ。道中の様子を見ていると本当に嫁ぎ先でも問題がないような気がします」

「ふふっ、当然でしょ。だって私よ？」

自信満々にそんなことを告げるフィオーレ様は私の前では素を出してくださっていて、嬉しい気持ちでいっぱいになる。

そうしてそんな私達が馬車に揺られること、三週間。フィオーレ様の嫁ぎ先であるグランデフィールへと到着した。

「こちらがフィオーレ様の部屋になります」

グランデフィールへと到着後、すぐに私達は部屋へと案内される。

私達はグランデフィールの国王陛下への謁見《えっけん》は許可されなかった。きっと大国の国王という立場だからこそ、忙しいのだろうとは思う。だけれども私は、大切なフィオーレ様が蔑ろにされていることには嫌な気持ちでいっぱいだ。

侍女達は案内をすると、自分の役目はもう終わったとばかりにその場から去っていく。

ぱたんと閉じられた扉。残されたのはフィオーレ様と私だけである。

「仮にも王妃として迎える者の部屋がこれって……、嫌がらせかしら？」

「……そうかもしれませんね。フィオーレ様、今から整えますね」

「ええ。お願いするわ」

フィオーレ様と私はそんな会話を交わす。

フィオーレ様はこの国に王妃として嫁いだのだから、本来ならもっと丁重にお迎えされなければならないのに……。幾ら小国の姫とはいえ、政略的な意味合いをもって結ばれた婚姻なのにこんな状況がまかり通っていることが本当に信じられないわ！　様々な事情があるから、こういう状況に陥っているのだろう……とは思っているけれども。

この状況はある意味想定内ではある。なぜならこの婚姻は誰一人として望むものでは全くないから。寧ろ祝福など一切されていないのだ。

この部屋は広さだけを言うのならば大国の王妃に相応しい。だけれども掃除があまり行き届いておらず、整えられてもいない。ベッドや姿見、クローゼットなどの家具類もただ配置されているだけのようで新調はされていないだろう。

普通ならお姫様が他国へと嫁ぐ場合は、多くの金銭や宝石などの資産を嫁ぎ先に持ち込む。それは何かあった時のために必要なものでもある。だけどフィオーレ様はそれらを持ってきてはいない。というより、そんなものを所有していないというのが正しいだろう。

コラレーシアでは、そのような財産を持っていれば国王陛下にもれなく没収されることになっていたのだ。

これだけ何も持たずにフィオーレ様が嫁いできたことは、グランデフィール側の怒りを買ってもおかしくない。

この状況に対してフィオーレ様に責任は一切ないにもかかわらず、怒りを買えばフィオーレ様が悪いとされるだろう。

嘆かわしいことにコラレーシア側は悪評を利用している。これまでフィオーレ様に散々お金をかけたため、国庫が逼迫《ひっぱく》しているなどと言い訳を述べているらしく、本当に嫌だわ！

……フィオーレ様には最低限しか、お金など使わなかったくせに。

私は苛立《いらだ》ちを感じながらも、部屋に手をかざし、魔法を行使する。

とはいっても城内で感知されない程度の薄く伸ばした魔力によるものだ。こういう場所だと一定以上の魔力を放出するとすぐに感知されるようになっている。私が魔法を使えることはあまり周りに知られない方がいいのでばれない程度に使う。

私は風魔法を嗜《たしな》んでいるので、それを使って埃《ほこり》などを集め、てきぱきと綺麗にしていく。私一人しかこの場にはいないから、効率よく行わないと！

空気の入れ替えのためにフィオーレ様の許可を得て、窓を開ける。真正面には壁があり、見通しがかなり悪い。

一応、王城の中心部に位置されている部屋だとはいえ、良い場所とは言えない。ほとんど使われておらず放置されていた部屋をあてがったとか、そんなところだろうか。

「それにしても……幾ら女嫌いだからといって、こんな所を案内するなんて私の夫になる方は色んな問題がありそうだわ。まぁ、陛下自身がこの部屋を案内するように指示したかどうかは分からないけれど」

フィオーレ様は椅子《いす》に腰かけ、窓の外へと視線を向けながらそんなことを口にする。

私はこんな部屋を案内されるなんて！　と文句を口にしそうになる。でもフィオーレ様自身がどこか楽しんでいるように見えて、そういう気持ちがなくなっていく。

私はフィオーレ様のこういう性格がとても好きだ。なんというか、どういう状況下でもフィオーレ様は輝いているのだ。見た目も愛らしくて、その点でも誰よりも素晴らしいと言える。だけど、フィオーレ様はその性格だって素敵なの。私が同じ状況だったらこんな風に楽しめないと思う。だから余計にそういう部分がフィオーレ様の良さだと思うの。

「そうですね。グランデフィールの王はフィオーレ様に負けず劣らず悪評のある方ですからね。良い噂もありますけれど、この部屋を見る限り、噂通りなのかもしれません。ただご本人ではなく、周りが勝手に行動を起こしている可能性はあるので私の方でお調べしますね」

私はフィオーレ様の言葉に答え、そのまま掃除を続ける。そんな私を見ながら、フィオーレ様が楽しそうに笑っている。フィオーレ様は私を見てこういう風に笑っていることが多い。

「ありがとう。助かるわ。でも噂通りかもしれないというのは憶測でしかないわ。冷血姫と無慈悲王が結婚をするからと、周りは好き勝手騒いでいるのよね。実際の陛下はどんな方なのかしら。いつ、ご挨拶《あいさつ》が出来るのかも分からないのが残念だわ」

コラレーシアの冷血姫とグランデフィールの無慈悲王。

フィオーレ様も、そしてその婚姻相手であるグランデフィールの国王陛下も――そんな呼び名をつけられている。それは一般的に見て、結婚相手としては不安を感じてしまうようなものなのよね。

フィオーレ様の呼び名は悪意を持って流されてしまったものだけど、国王陛下はどうなのだろうか。

それにしても……フィオーレ様は夫となる方と会うのを楽しみにしているようだ。

こういう環境を与えられていて、向こうからすれば望まぬ花嫁で――フィオーレ様に悪印象しか抱いていないかもしれない。会っても嫌な思いをするかもしれない。私は心配になるけれど、フィオーレ様はきっと柔らかな花のような笑みを国王陛下に向けることだろう。

フィオーレ様ならばどういう相手とでも仲良く出来るのだ。ただ相手が話が通じない人だったらと思うと緊張する。

けれど、フィオーレ様は天使のような存在だから、きっと大丈夫なはず……！　とそんな気持ちを抱《いだ》きながら私は平然としたふりをする。そして返事をした。

「この婚姻が長く続くものでないとそう思っていらっしゃるからかもしれませんね。これまでも婚姻まではいかなくても、その手前まではいくことは何度もあったと聞いています」

「それらの全《すべ》てが破談になったのよね。私も噂で聞いているわ。無慈悲王の元へと嫁ぐ準備をしていた者は不幸に見舞われる。なんていう不吉な噂もあるもの」

フィオーレ様の婚姻相手の名は、ルードヴィグ・グランデフィールという。

美しい男性だとは事前の調べで分かっている。美しい黄金に煌《きら》めく髪を持つ男性である。ちなみに年齢はフィオーレ様よりも十歳年上の二十八歳である。

陛下は八年前にグランデフィールの王位をついだ。この国を治める名君であると噂されている。

私達のいるこの国――グランデフィールは大陸でも一、二を争う国土面積を持つ大国だ。その広大な国土のこの国で大きな問題が起きていないということでも凄《すご》いことなのだ。それだけ国主という立場は大変なのだ。そういう一面だけ見れば、素晴らしい手腕なので、フィオーレ様の夫として相応しいと言えるかも。

無慈悲王と呼ばれているのはともかくとして、その点は素晴らしいものね。

ただ国王陛下は理由は分からないけれど、この八年の間、一度も妃《きさき》を迎え入れたことがない。美しさも、身分も、強さも――その全てを持ち合わせていながら、国王陛下にとっての初めての王妃がフィオーレ様である。

そのこと自体がまずおかしなことなのよね。普通に考えればもっと早く王妃を迎えるものだもの。それなのにこれまで王妃を迎えなかったのは、陛下と縁を結ぼうとした存在が不幸な目に遭い続けているかららしい。

「二十八歳で、一度も王妃を娶《めと》ったことがない大きな理由がそれですものね。フィオーレ様に降りかかる災難は私が全てどうにかしてみせます」

「過去に縁談がまとまりそうになった令嬢達がどんな女性なのかを私は噂でしか知らないわ。でも彼女達には私にとってのヴェルデのような存在がいなかったのかもしれないと思うの。私には貴方がいるもの」

フィオーレ様がにっこりと笑いかけて告げる。

その言葉も、その表情も——私はただ嬉しい。だってそれは私を信頼してくださっているからこそだもの。

フィオーレ様がこんな風に私という存在を認めて、信頼してくれているなんて天にも昇る気持ちだわ。

「フィオーレ様！　大好きです！　私にとってもフィオーレ様がいれば、どのような場所であろうとも楽園です」

「ふふっ、私も大好きよ」

そんなことを言われて、変な声が漏れそうになった。

だって優しい笑みを浮かべたフィオーレ様にこんなことを言われて喜ばない相手なんていないのよ！　だってこんなに素敵な主が私に対して大好きって言ってくれたのよ。だから私はやる気に満ちているわ。

どんなことでも私はきっとフィオーレ様に頼まれたらやってしまうと思う。

「フィオーレ様、私は情報収集をしてこようと思います」

部屋を整えるという最低限の作業を終えた私の言葉に、フィオーレ様は頷いてくださった。

私がフィオーレ様の傍《そば》を離れる際、グランデフィール王国の侍女がついた。とはいえ、あまり良い働きは期待できないだろう。

最初からフィオーレ様に対する敬意が皆無であることは見て取れる。

お飾りの王妃。評判の悪い小国からやってきた姫君。きっとそのうちすぐに離縁されるだろうとでも思われているのだろう。

フィオーレ様の素晴らしさに気づけないなんて、本当に見る目がないわ。せいぜい、フィオーレ様の良さに気づいた後に後悔すればいいのよ。

部屋を出る際には、フィオーレ様に対して無礼な真似《まね》はしないようにと釘《くぎ》はさしておく。それからフィオーレ様の方を向いて告げる。

「フィオーレ様、何かあればすぐにお呼びくださいね。どんな状況でも駆けつけますから」

「ええ」

私の言葉にフィオーレ様は笑顔で頷いた。

それから私は部屋を後にして、早速《さっそく》行動を開始した。

私は気配を最低限に抑える。城内を歩き回るには、あまり目立ったりしない方がいいものね。

ただでさえ私はフィオーレ様に付き従うただ一人の侍女として、注目されている。だから下手《へた》な行動を取ると、フィオーレ様の今後の行動の邪魔になる可能性もある。私はそうなるのは嫌だわ。フィオーレ様は許してくださると思うけれど、だからといって甘えた行動はしたくない。

私はフィオーレ様の足を引っ張るために此処《ここ》にいるのではなく、助けるためにいるの。

フィオーレ様が活用できるような情報をどうにか集めなければならない。

だって情報というのは大きな武器の一つだもの。知っているか、知らないか。それだけで大きく変わることが沢山《たくさん》ある。

私がひっそりと周りに悟られないように歩いていると、声が聞こえてくる。

「嫁いでこられたお姫様、噂よりも愛らしかったわね」

「あんな見た目で冷血姫なんて呼ばれているなんて、よっぽどのことをしたのよね」

それはフィオーレ様に関する噂話である。

どこか蔑《さげす》むような会話に、今すぐにでも飛び出してひっぱたきたいと思った。

柱の陰から噂話を楽しむ侍女達を見つめ、拳《こぶし》をぎゅっと握る。だけど流石に飛び出してしまえば、嫁いだばかりのフィオーレ様に迷惑をかけてしまうわ！　これから居場所を作っていこうとしているフィオーレ様の動きを阻害なんてしたくない。

だけれども――、このままこんな噂話をしている侍女達を放置もしたくない。

どうしようかと考えて、小さく魔力を込める。

感知されない程度の、うっすらとした魔力。質量を最低限に抑えたそれで、風を吹かせた。

そしてその風は侍女達の元へと吹き、そして転ばせる。急な突風にあたふたしている様子を見ながら、ふぅと息を吐く。

このくらいのやり返しならば問題ないはず。

まったく！　フィオーレ様はこの上もないほどに素晴らしい方だというのに、そのことを理解もせずに勝手に悪く言うのは腹立たしいことだわ。

折角《せっかく》、コラレーシアを飛び出せたのだもの。フィオーレ様には幸せになってほしい。というか、フィオーレ様には笑顔が一番似合うの。私はずっと笑っていてほしい。何の憂いもなく生きることは立場的には難しいかもしれない。それでもそうであってほしいのだ。だから私はそのためなら何だってする。

そんなことを考えていると、不意ににゃあぁんという鳴き声が聞こえてきた。近くで聞こえてきて、驚き、そちらを見る。

そこには灰色の毛並みの美しい猫ちゃんの姿があった。

どうして王城に猫ちゃんがいるのだろうかとまず驚いた。そして、はっと気づく。確かこのグランデフィール王国では猫という生き物を大切にすると聞いたことがある。

もしかしたら王城で飼われているのだろうか？　そう思いながら、私はその灰色猫へと近づいた。

その美しいルベライトのような赤い瞳は、まっすぐにこちらを見ていて視線をそらさない。

こんな風にじーっと見つめてくるなんてこの猫ちゃんはなんなのだろう？

手入れがきちんとされているであろう毛並みなどを見るに、飼い猫のようには思える。となると飼い主はどこにいるのだろうか？　一旦捕まえて誰かに届けた方がいいかも。

そう結論づけた私は猫ちゃんへと手を伸ばす。

だけど触れようとしたその瞬間に、猫ちゃんはいきなり跳躍した。

華麗に私の手を避《よ》け、そのまま手の届かない棚の上まで飛び上がる。あまりにも身軽で、驚く。

私に捕まる気は一切ないみたい。

「猫ちゃん、貴方が誰に飼われているか分からないけれど送り届けるからおいで」

私がそう言って声をかけても、猫ちゃんは素知らぬ顔をしている。まるで「何を言っているんだ、こいつ」とでもいうような冷たい瞳だ。

手を伸ばすも、私の手は空を切る。何度も何度もそれを繰り返されて、思わず声をあげてしまう。

「待ちなさい！」

猫ちゃんのことを捕まえられないことに自棄《やけ》になった私は叫んで、飛び掛かる。だけど、また避けられる。

私は反射神経はある方だと自負している。ちょっとした生き物はすぐに捕まえられる方だ。

だけどこの猫ちゃんはいとも簡単に避けてしまう。そしてひょいっと窓から飛び出していった。

「……身軽な猫だわ。私が捕まえられないなんて、不思議」

猫ちゃんを捕まえられなかったことは正直言って悔しい。他の猫ちゃんだったらきっと捕まえられただろうに、あの猫ちゃんはなんて身軽なんだろう！

自分に対しての苛立ちを少し感じる。私がやろうとしたことを、自分の能力の低さで出来ないのは何だか嫌だわ。

そんな気持ちになりながら、ふぅと息を吐く。

自分の気持ちを落ち着かせて、私は本来の目的である情報収集を急ぐことにする。

手始めに行ったのは、同年代の侍女から話を聞くことだった。

「貴方も大変ね。あの冷血姫と一緒にこの国に来なければならなかったなんて」

そんなことを言うのは、ユーテーアというこの城に勤め始めたばかりの侍女である。なんとも口が軽いというのがすぐに分かった。

同情と見下すような視線。それに少し嫌な気持ちになる。

私が冷血姫と呼ばれるフィオーレ様の侍女であるというだけで、彼女にとっては見下してもいい存在となるらしかった。

でもそういう侍女相手だからこそ、私は目を付けた。

「いいえ。フィオーレ様はとても素晴らしい主です。私は此処にフィオーレ様と共に来られて幸福を感じております」

「まぁ、そうなの？」

私の言葉を聞いて、ユーテーアは興味深そうな様子を見せる。

まさか、冷血姫と呼ばれているフィオーレ様の侍女であることを私が幸福などと口にするとは思っていなかったのだろう。

そして噂をすることが本当に好きなのだろうと思う。フィオーレ様が実際のところどうなのかを私から聞き出して、それからあることないこと噂にしようとしていることが分かる。

正直、こういう情報収集のため以外では話しかけたくないタイプだ。

というか、本当にフィオーレ様のことを知りもしないで好き勝手言わないでほしいわ。

「ええ。そうよ。貴方はフィオーレ様の情報を知りたいのよね？　教えてあげてもいいわ。その代わり、私にこの国のことを教えてくれないかしら？」

「この国のことを？」

「私はこの国に来たばかりで、知らないことが多いの。だからなんでもいいから教えてもらえると助かります」

私がそう口にすると、ユーテーアは笑顔で頷く。

「まずは国王陛下のことを教えてもらえるかしら？」

私はまず、国王陛下のことを聞いてみることにする。フィオーレ様の婚姻相手の情報は重要だもの。

「陛下はとてもかっこいいわ。それでいてとても強いのよ。時間がある時には騎士達に交ざって鍛錬をなされていたりするの」

ユーテーアが顔を赤らめて、高揚した様子で告げるから驚いてしまった。

まるで陛下に懸想《けそう》しているかのようだ。

恋などというものは、私の人生にとっては無関係なものだ。異性に特別な感情を抱くこと。

……それは感じたことがない。私はいつも第一にフィオーレ様のことだけを考えてしまっている。

それに王妃であるフィオーレ様の唯一の侍女である私の前でこんな発言をすることに冷めた感情を持ってしまう。

考えなしなのかもしれない。あと結婚している相手にそういう感情を抱いていると他人に言うのもどうかと思う。尤《もっと》も王侯貴族だと妻以外に愛人などを持つことはよくあることだろうけれど。あとはきっと私がフィオーレ様を心から慕っていることを信じていないからもあるかもしれない。

「それだけ異性受けの良い方ならば、フィオーレ様が嫁がれるまでお相手が決まらなかったのですか？」

「陛下自身が女性嫌いであることは有名な話だわ。そんなことも知らなかったの？」

少し馬鹿《ばか》にするように言われて、嫌な気持ちになる。だけど私のそんな変化にはユーテーアは気づいた様子はなく、調子よく続ける。

「陛下は昔から女性に囲まれていたと聞いているわ。あれだけの美しさと地位を持ち合わせていれば当然よね。そのことで陛下は大変苦労されたらしいわ。十代の頃に貴族令嬢に薬を盛られたこともあったそうよ。その家は王子に薬を持った罪でもうとっくに潰《つぶ》れているのだけど」

私が無知なふり——この国について事前情報を何も持っていない様子を見せているからか、得意げにユーテーアは告げる。

この国のことを何も知らない私に自分の知っていることを話すのが楽しいのだろう。おそらく彼女は私に対して優越感を覚えていて、だからこそぺらぺらとその口は止まることを知らない。

「既成事実さえ作れればなんとでもなると思っていたなんて馬鹿よねぇ。王族に対してそういう無礼な真似をしたらどうなるかぐらいは考えればすぐに分かるでしょうに」

陛下に近づこうとして失敗した女性をあざ笑うようにユーテーアは笑っている。

なんだろう、見ていて嫌な気持ちになるような笑みである。

王族相手にそのような無礼な真似をすれば、処刑されるのは当然のことだ。だけれどもそんなことも分からなくなるほどに——この国の国王陛下は魅力的なのかもしれない。

私が知る限り、フィオーレ様は異性に対して特別な感情を抱いたことは今のところないはず。はっ、天使であるフィオーレ様が国王陛下に誑《たぶら》かされてしまうなんてことがあったらどうしようか。フィオーレ様なら恋心を抱いたとしても冷静に対応をなさると思っているけれど、恋は盲目と言うし、もしそういうことになったら私がしっかりしないと！

「そうなのね。異性にそのような意味で狙《ねら》われ続けるのは大変なことでしょう」

「本当においたわしいわ。私が見初《みそ》められたら毎夜お慰めするのに」

そんなことを続けられて、何とも言えない気持ちになった。

本当にフィオーレ様に仕えている私の前でそんなことを言うなんて口が軽すぎる。でも口が軽いからこそ、フィオーレ様のことを話せば——一瞬で広まるはずである。

私は小さく微笑むと、代わりとばかりにフィオーレ様の情報を落とす。もちろん、フィオーレ様にとって不利に動くような情報は渡さないようにしておく。

「貴方にとって冷血姫が大切な人だというのならば、陛下に近づけない方がいいわ。陛下に近づいた女性は怪我をしたり大変な目に遭うのだから」

忠告するような言葉を投げかけられる。こんな言葉を口にするのは、陛下が王妃となるフィオーレ様と仲良くなることを望んでいないからだろう。

機会さえあれば、国王陛下の寵愛《ちょうあい》をその身に受けたいとそう思っているからこそ、その妻の地位についたフィオーレ様と万が一にも距離を縮めてほしくないと思っているのだろう。だからこそ私経由でフィオーレ様に警告をしようとしているのだ。

なんと烏滸《おこ》がましい話だろうか。そもそも小国の出とはいえ、フィオーレ様は王族である。

その王族相手にそのような感情を抱いているだけでも本当に失礼すぎるわ。許可さえあれば今すぐにでも排除するのに……と思いながらフィオーレ様の柔らかな笑みを思い起こして我慢する。

そもそも目の前の彼女がこんなことを言おうとも、フィオーレ様はこの国で居場所を作るつもりなのだ。

そのために夫となる国王陛下とそれなりに親しくしようとするつもりなのだ。だけれども距離を詰めれば詰めるほどフィオーレ様は危機に陥ってしまう可能性が十分にある。

それを思うと心配だけれども、フィオーレ様がそのような道に進むことを望んでいるのだから私は支えるだけだ。

その後も私は引き続き、情報収集を続けた。ある程度情報を集め終わった後、私はフィオーレ様の元へと戻ることにする。

その後ろ姿を窓の外から猫ちゃんが見つめていたことを、私は気づかなかった。

＊

「お初にお目にかかります。コラレーシア王国第三王女、フィオーレ・コラレーシアと申します」

私、フィオーレ・コラレーシアはその日、ようやく夫となるルードヴィグ・グランデフィール国王陛下へ挨拶をする機会を得た。

それは結婚式まで残り、二週間を切ったある日のことである。

私の隣に今、ヴェルデの姿はない。それは一人で謁見することを求められたからだけれども、そのことに少しだけ寂しい気持ちにはなる。

私に対して、その場にいる者達の視線が一気に集まる。

こんなに注目をされる場所に私が立つことになるなんて、運命は不思議なものだわ。コラレーシアにいた頃はずっとひっそりと生きていた。華やかな場所とは無縁の暮らしをしていた私にとっては眩《まぶ》しすぎる。

だけどこういう場所で隙《すき》を見せるわけにはいかない。

こういう場面だからこそ、堂々としておくべきであると私は思っている。

不思議と私の気持ちは落ち着いている。

視線の先――王座に腰かけているのはルードヴィグ・グランデフィール。

私の夫になる人。

美しく靡《なび》く黄金に輝く髪と、青い瞳。冷たい視線が私に向けられている。そこには私に対する興味や関心が一切見られない。

その様子に私は思わずくすりっと笑った。

逆にこうやって私の見た目に惑わされない相手の方が政略結婚の相手としては良い。もしそういう重たい感情を向けられたところで、私はそれを返せる自信などないから。

「ルードヴィグ・グランデフィールだ。遠方からはるばるご苦労」

その労《いた》わるような言葉に感情は乗っていない。

周りで見守っているグランデフィールの者達も、私に対して全く好意的な視線などはない。

ただ私の見た目はやっぱり男性からすると目を引くようだ。下卑た視線を向けている人も中にはいて、私はそれが嫌だなと思う。

コラレーシアにいた頃からずっと、そういう視線を向けられることはあった。

私が幾ら目立たないようにしていても、生まれ持った美貌は目を引く。

そういう視線を私は理解している。嫌だなとも思うけれど、そこで怖気《おじけ》づくわけにはいかない。私はじっと国王陛下のことを見つめ、視線をそらさないようにする。

意志の強い、その瞳。射貫《いぬ》くような目は、確かに私と同年代の女性は怯《ひる》むかもしれない。

そのような視線や態度も踏まえて、私は全て受け入れている。悪評にまみれた私が、この場所で居場所を作るのは難しいというのを把握した上で私はこの場に立っているのだ。

「式は二週間後だ」

「はい。かしこまりました」

そしてこれから夫婦になるというのに、私と陛下の会話はそれだけで終わる。

本当に陛下は私と話すつもりがないのね。そもそもの話、こうして謁見するまでにもかなりの時間を要しているのだ。小国の姫である私に対してはそれだけの対応をしても問題がない。

それだけの国力の差が両国にはある。

私は謁見を終えた後に、与えられた部屋へと戻ることにした。

私を部屋へと送り届けるのは、一人の騎士だった。

まだ若いその騎士は、何かを考えるように私を見る。そんな彼に私は問いかける。

「どうかしましたか？」

「いえ……、何でもありません」

「何かあるなら何でも言ってくださって構いませんわ」

にっこりと微笑み、私は告げる。そうすればその騎士は口を開いた。

「あのように視線を向けられている中で、堂々としていらっしゃったなと」

「これから夫婦になる方への挨拶なのですから、当然ですわ」

私が満面の笑みを浮かべてそう告げれば、直視した騎士は顔を赤くしている。こういう反応を見ると改めて私の顔は整っているのだと実感する。亡きお母様に似たこの顔を私は気に入っている。使い勝手が良いもの。人を味方にする武器は、幾らでもあったほうがいいわ。

その後、私が陛下への謁見を許されてからの二週間、結婚式までの間に顔を合わせることは一度もなかった。

「お似合いです！　フィオーレ様」

私の目の前で、ヴェルデが興奮した様子を見せている。ヴェルデがこんな風に目を輝かせているのを見ているだけで花嫁衣装を身に纏《まと》った甲斐《かい》があったというものだわ。

これから私の結婚式が行われる。だから当然、私は主役として相応しい服装なの。

純白のドレスはグランデフィール側が用意したものだわ。というのも私がコラレーシアから持ちだしたものは——嫁いでくるにしては本当に少なかったから。それにお父様は、私の花嫁衣装など用意してくださらなかった。

だから結婚式という特別な場所で、私の衣装は既存の、どこにでもあるようなものである。

だけど特に問題はない。

私は恋愛というものが分からないけれど、美しい衣装を着るのは好きだ。だからこういうドレスを身に纏えるのは純粋に嬉しいことでもある。

ヴェルデがこれだけ賛美しているのならば、私に本当によく似合っているのだろう。だから、何も問題ない。

私はヴェルデのことを見つめる。

ヴェルデはこちらに来てから、グランデフィールの王城の侍女達が着る一般的な侍女服を身に纏っている。

黒を基調としたワンピースに、その上からこの国で支給された白いエプロンを身に着けている。頭にはホワイトブリムを着けている。スカートの丈は足元がかろうじて見える程度の長さで、私はその下にヴェルデが色々と隠し持っていることを知っている。

ヴェルデはその緑の瞳を輝かせて、私に向かって告げる。

「どのような衣装を身に纏っていても、フィオーレ様の可愛さは隠せませんね。ああ、もっと特別な衣装だったらもっと良かったのでしょうけれど……！　でも、こうしてフィオーレ様の結婚式をこの目で見ることが出来ると思うと……っ」

「あら、結婚式の前から泣くの？」

「だ、だって……っ。フィオーレ様の結婚式なのですもの」

まだ結婚式が始まってもいないというのに、ヴェルデは感動して泣き出しそうな様子を見せている。

本当になんて、この子は可愛いのだろうか。私のためを思って表情をころころと変える姿に、思わずくすくすと笑ってしまう。

ヴェルデは普段は表情をそこまで変えないのに、私の前ではこういう姿を見せるのよね。

「この結婚を歓迎している方はほとんどいないと言えるでしょう。陛下自身も……私のことを歓迎などはしておらず、問題のある者同士の結婚でどんな問題が起こるかと心配しているわ。そして私の結婚生活が上手《うま》くいくとは誰も思っていない。——だけど、貴方がこうして結婚を喜んでくれているというだけで、私は嬉しいわ」

本心からそう思っているので、ヴェルデに向かって笑いかける。

そうすればヴェルデは見惚れるように固まった。ヴェルデは本当に私の笑顔が好きね？

「フィオーレ様、これからきっと困難はあると思います。周りから名ばかりと思われていたとしても、フィオーレ様はこの大国、グランデフィールの王妃となるのですから」

この結婚をもってして私はこの国の王妃となる。

グランデフィールという大国の王妃という地位は、簡単なものではないというのは知っている。

ただの小国の姫であった――、それも悪評にまみれた私がその地位に就くことは反乱を呼ぶかもしれない。それは簡単に想像できることだ。

だからこそヴェルデは私のことを本当に心配しているのだ。

「そうよ。私はこれからこの国の王妃になるの。名ばかりの王妃で終わるつもりはないわ。私はこの国に貢献した王妃になるのだもの」

私は躊躇《ちゅうちょ》せずにそう言い切った。

周りが何を言おうとも、私には関係がないの。それを言ったところで、そもそも私がこの国の王妃になることは決まっていることだもの。

だからその運よく与えられることになった王妃という地位を、上手く使おうとそう思っているわ。

名ばかりの王妃ではなく、もっと力をつけるの。それは決定事項。難しい道のりだったとしても折角結婚するのだからそのくらいしないとね？

「はい。フィオーレ様のその活躍を私は見届けます」

「ええ。見てなさい。これから始まる私の王妃道をね」

ヴェルデの言葉にそう答えれば、彼女は満面の笑みで頷いた。私が上手く立ち回れなかったら、ヴェルデも大変な目に遭うかもしれない。それだけは避けたい。

私はそんなことを考えながら、結婚式を挙げるために王城内に存在する教会へと向かう。

そこまで私を案内するのは、陛下に仕える従者の一人である。ヴェルデが隣にいないのだけは心残りだ。

ただ参列者として参加することは許されているので、ヴェルデは教会の片隅から見守ってくれる。それだけでも嬉しいものね。

参列席の席数は多い。だけどこの場にいるのは本当に数少ない。必要最低限の者達だけが集められている質素な式。

この式を見た人は、まさかこれが大国であるグランデフィールの王の結婚式であるとは思えないだろう。

結婚式の様子だけ見ていても、この国が私のことを受け入れようとはしていないことが分かる。視線も冷たい。

けれど私はそれでもかまわないと思っている。

参列者に視線を向け、その事実を受け入れながらふとヴェルデを見つけた。目を輝かせてヴェルデは私のことを見ている。

この場でただ一人ヴェルデだけが、私の結婚を心から喜んでくれている。

正直結婚式なんて私と陛下の間には必要がない。これはただの結婚しましたというパフォーマンスでしかない。

けれどヴェルデが私の結婚式をこれだけ楽しんでくれている。それだけでも――ヴェルデに見せるためだけに行うのだというそういう気持ちになる。

グランデフィールがこの結婚式を行うのは、婚姻を結ぶのに式を行わないのは体裁が悪いとそう思っているだけだろう。

式の主役である陛下さえも、こんなものは望んでいない。

そんなことを考えながら、これから夫になる陛下の元へと辿《たど》り着く。

その青く澄んだ瞳は、私に関心の一つも見せない。本当にぶれない方だなとは思う。

「新郎グランデフィール国王、ルードヴィグ・グランデフィールならびに新婦コラレーシア第三王女、フィオーレ・コラレーシア」

神父がそう口にして、陛下と私の顔をそれぞれ見る。

王と王妃の結婚式。それを取りまとめる神父は、当然、国内でも有名な方らしい。彼もこの結婚式に特別な感情一つないようである。

「守護神グラケンハイトの導きにより、そなたらは此度《このたび》共に歩む形となる。健《すこ》やかなる時も病める時も、共に助け合い、歩むことをグラケンハイトの名に誓いますか？」

グラケンハイト。

それはグランデフィールにおいて特別な守護神の名として伝えられている。

コラレーシアから嫁いできたばかりの私は、当然のことだけどその存在に関して詳しく知っているわけではない。

ただ王族の結婚式でも名が挙げられていることからも、この国にとってはその存在は最も特別なのだろうというのは分かる。

私は守護神なんてものを信じてはいない。けれど、この国の王妃となるならその存在についても知っておくべきね。私がもし守護神グラケンハイトを蔑ろにしたら大変なことになりそうだもの。

それにしても結婚式において誓いの言葉を捧《ささ》げる相手というのは、国や土地柄によって異なるのだけど、こういう場でも守護神に誓うのね。故郷であるコラレーシアでは、愛の女神へと誓うけれど、やはり国によって文化の違いは様々だわ。

「誓います」

事前情報で一部、頭には入れているがそれ以外の守護神の情報を私は知らない。だけどこれからの一生涯、この国で過ごしていくと決めているので躊躇せずに誓う。

私に続き、陛下も続けた。

そしてその後には、口づけの時間がある。

国によっては式で示す誓いの証《あかし》が口づけでないところもあるようだが、グランデフィールではそうであるらしかった。

——だから私は初めての口づけをこれからする。

陛下は感情一つも見せない無表情。そのまま私の唇を奪った。

特に何も感じなかった。こういうものかとただそう思っただけだ。幸せな恋の話は聞いたことがある。それに小説の中でそう言ったものを読んだことがある。初めての口づけというのは特別なものらしいけれど、特に気にならないのは——私が陛下に対してそういう愛情を抱いていないからだろうか。

当たり前の幸せな結婚式ならば、もっと幸福を感じるだろう。

だけど、王族である私や陛下にはそんなものは必要ない。

こんなことを考えている私は、冷めきっていると言えるのかもしれない。でも政略結婚だからそういうものなのよ。

そんなことを考えながらふと、教会の後方へ視線を向ける。

私は一瞬驚く。

そこにいるのは一匹の猫だった。その灰色の毛並みの猫はじっと、赤い瞳を私の方に向けていた。目が合う。その目は次の瞬間にはそらされた。

確か猫は、この国の守護神であるグラケンハイトと関わりが深いと言われているのよね。

そもそもそうでなければ王城内の教会に猫の姿なんて見られるはずがないもの。

私は猫がこの国でどれだけ特別かは理解できていないけれど、こうしてこの国の王妃になったからにはあの猫とも関わるようになるのかもしれないとそんな予感がした。

*

「あー、疲れたわ」

結婚式の後、フィオーレ様は私、ヴェルデの前でベッドに体を投げ出している。

「フィオーレ様、はしたないですよ」

「いいじゃない。どうせ、ヴェルデしかいないもの」

思わず咎《とが》めると、素知らぬ顔でそんなことを言われる。

フィオーレ様は公の場では王族らしく、大人びたふるまいをしている。だけれども私の前ではこうやって素の姿を見せてくれる。

私は口では咎めながらも、こういう様子を見せてくださることが嬉しい。フィオーレ様はいつも一生懸命で、気を張っていらっしゃる。基本的に人前では王族としての姿を見せ続けているのだ。

だけど素のフィオーレ様は年相応で、なんとも可愛らしい。こういうギャップのある姿を見たらきっとどんな男性だって、フィオーレ様に惹《ひ》かれてしまうと思う。素のフィオーレ様は少し隙があるから、私は変な男性が寄ってこないようにちゃんと守らなければ！　と毎回思う。

「それはそうですね。……それにしても仮にも初夜だというのに王はこちらを訪れる気がなさそうですね」

「初夜ねぇ……」

フィオーレ様はベッドに寝転がりながら、窓の外を見上げる。

何とも言えない表情を浮かべているのは、初夜が決行されないだろうとそう思っているからだろう。こんなに優しくて愛らしくて素晴らしいフィオーレ様を妻に迎えながら、初夜も行われないなんて本当に信じられない！

「そんなものおそらく今日行われると思っている方は、この城内にただ一人としていないでしょうね。陛下は私がにこりと笑いかけても全く心を動かされた様子がないのよね。大国の王だからこそ、私程度の見た目の美少女は見慣れているのかしら」

「フィオーレ様ほど可憐《かれん》な方は中々いないと思いますが。ただ単に、陛下が女性の見た目に関してても興味がないだけかと。それか女嫌いということですから、もしかしたら普通とは異なる嗜好《しこう》を持ち合わせているだけかもしれませんね」

グランデフィールの国王陛下は女嫌いとして有名である。だからこそ会って間もないフィオーレ様に心を許す気もないのかもしれない。

とはいえ、これからフィオーレ様が王妃として生きていくためにも、その存在は重要である。グランデフィールの国王陛下とどのような関係を築けるかによってこの後の人生は大きく左右されるだろう。悔しいことにそれだけ私達の立場は弱いのだから。

「もしそういう嗜好を持ち合わせているとしても、良い関係は築こうと思えば築けるとは思うのよね。まずはそのあたりの情報も含めて教えてもらえるぐらいに仲良くならなければならないわけだけど……」

「フィオーレ様は本当に心が広いですね。私だったら結婚相手が変わった嗜好を持ち合わせていたらぞっとしてしまいます」

私がぶるりっと体を震わせると、フィオーレ様はおかしそうに笑った。

変わった嗜好を持ち合わせていても、良い関係を築ければいいなどと言うなんて本当にフィオーレ様は器が大きいというか、なんというか……。

フィオーレ様はどういう状況下でも冷静でいられるようなそんなおおらかさをお持ちなの。私の事情などを全て知った上で、侍女として傍においてくださっているぐらいだもの！　そう考えると本当にどんな相手でもフィオーレ様は一度は受け入れてしまうのよね。

私もフィオーレ様のようになりたい！　といつも思っているけれど、もし変わった嗜好を持つ方と関わるとなるとやっぱり少し寒気がするわ。

そんな私を見て、フィオーレ様はくすくすと笑う。

「ヴェルデは本当に可愛いわね。貴方はちゃんと好きな人と結婚するのよ？」

「私は一生涯フィオーレ様に仕えると決めています」

フィオーレ様に可愛いと言われるのは嬉しい。大好きな人が私に好意的であることはただただ嬉しい。でも幾らフィオーレ様の言葉だったとしても、私は一生涯フィオーレ様に仕えたいと思っている。この命が尽きるまで。だって私の命はフィオーレ様のものだから。

「だからといって、結婚をしないにはつながらないでしょう？　私はいつか、貴方が恋をして、その相手と幸せになるのを見たいわ」

「……そうですね。もし、私の全てを受け入れてくださる方がいたらですかね」

「ふふっ。きっとどこかにはいるわ。だって――世界はこんなにも広くて、様々な人がいるのよ？」

フィオーレ様はそう口にして、楽しそうに微笑んでいる。

「私はコラレーシアから出たのは初めてだったけれど、このグランデフィールという国は祖国とは様々な違いがあるわ。コラレーシアとは違ってまともな暮らしをさせてもらっている点もね」

そう口にするフィオーレ様を見ていると、心が痛んだ。

〝まともな暮らし〟などとフィオーレ様が口にしているのを知れば、きっとこの国の人達は驚くだろうな。

正直言って、今の状況は大国に嫁いだ王妃への扱いではない。とはいえ、あっけらかんとした様子で笑顔を浮かべるフィオーレ様を見ていると、今までのことが思い起こされる。

これまでずっと……フィオーレ様は大変だった。

コラレーシアの国で、蔑ろにされてきた。これからフィオーレ様が幸せになってくれたらいいとそればかり願ってしまう。

そういうフィオーレ様の大変さも知らずに周りはただ流されている噂を信じ込んで、好き勝手言いすぎなのよね。フィオーレ様と少しでも話せば、それが違うのだと理解できるだろうに。

「国が違うだけでそうなのよ。きっともっと世界には私が信じられないような常識が蔓延《はびこ》っていて、知らないものが沢山あるの。だからヴェルデ自身のことを全て受け入れてくれるような方もきっといるはずなの。貴方に好きな人が出来たら私は全力で応援するわ」

フィオーレ様の世界は、この政略結婚において明確に広がったと言える。フィオーレ様にとっては全てであったコラレーシアの外に出たからこその経験が沢山あると思う。私もフィオーレ様同様、新しい経験を色々としている。

フィオーレ様の結婚は、愛のない、政略結婚だ。

それだけ聞けば、フィオーレ様を不幸だと評する者もいるかもしれないけれど、フィオーレ様自身はそんなことを思っていない。寧ろこうして祖国から出て、知らない世界に触れられることをフィオーレ様は心から楽しんでいる。

「はい。もしそういう方が出来ればフィオーレ様に必ず報告しますわ」

「ええ。その時を楽しみにしているわ」

私は自分に好きな人が出来ることなど想像が出来ない。だけどあまりにも前向きに、まっすぐな瞳で告げられると、結局折れてしまう。

それにしても、私にいつか好きな人が出来たらか……。

私は……、お母さんとお父さんのような関係を築ける相手と出会えるのならばそれは嬉しいと思う。

幸せな記憶は、目を閉じればいつでも簡単に思い起こせる。

お母さんとお父さんは本当に仲が良かった。両親のような仲には正直憧れはある。だけれども、私がそういう相手と出会えるかと言えば、難しいのではないかとも思っている。

幾ら私が誰かを好きになって、愛を乞うたとしても、向こうが私にそれを返してくれたとしても――そもそもフィオーレ様の望むような幸せな結婚に至ることは難しいのではないかと思っている。

脳裏に焼き付いている、両親の最期《さいご》。

二人は一緒に逝《い》った。私を逃がすために。

でも二人で逝けたからか、幸せそうだった。突然の死だったとしても、それでも——バラバラで亡くなるよりはいいとそう思っていたのだと思う。

私もそういう相手と出会えるのならば、幸せな終わりを迎えたい。

「ヴェルデ？」

しばらく黙り込んだ私にフィオーレ様は不思議そうに問いかける。

幾ら親しい仲の主従とはいえ、心の内が全て分かるわけではない。私もフィオーレ様を知っているつもりで知らない部分ってきっとあると思う。

それにしてもこんな風にフィオーレ様が心配してくれていると嬉しい。

「少し考え事を。フィオーレ様、陛下は初夜には来られない模様なので、おそらくまたあることないこと言われてしまうことでしょう。グランデフィール側の重鎮達も煩《うるさ》いかもしれません」

「そうね。彼らは跡継ぎを私に産んでほしいのだものね」

「陛下には子がおりません。その状況でもしその身に何かあれば跡継ぎ争いが勃発することでしょう。それにフィオーレ様が求められたのは若くて健康で、子を産むのに問題がないからのはずなので」

この結婚でフィオーレ様に求められているのは、若さと健康。一人も子を持たない王の跡継ぎを生ませることだけを望まれているなんて……。何とも言えない気持ちになる。

フィオーレ様はとても素敵で、沢山の魅力を持ち合わせている方だ。

だというのに、それ以外のことを求められていないなんて……とそう考えてもやもやする。

あくまでフィオーレ様は、今のところ、コラレーシアにとってもグランデフィールにとっても駒としての役割しかない。その状況をフィオーレ様は変えようとしている。

コラレーシアを飛び出したからこそ、変えられるとフィオーレ様も、私も信じている。

「前国王夫妻が亡くなった後、この国は混乱していたのよね。それを治めたのが陛下であり、そのごたごたの関係もあって直系の王族の数は少ない。一人は幽閉されているのだったわよね？」

フィオーレ様はベッドに寝転がりながら、事前に入手しているグランデフィールの情報を口にしている。

そう、グランデフィールは十年ほど前は荒れていた。

というのもフィオーレ様が口にしている通り、前国王夫妻が亡くなったことが始まりだ。

国王夫妻が亡くなった後、グランデフィールを継ぐことになった国王陛下は当時まだ齢《よわい》十八だったらしい。

若き王を認めない者もいれば、陛下を傀儡《かいらい》にして実権を握ろうとする者など、様々いたらしい。

それらを全てはねのけ、混乱を抑えたのが──グランデフィールの国王陛下であるルードヴィグ・グランデフィールである。その点だけ見ると大国の王として立派に認められていて凄いなと思う。

ただ私はどれだけ素晴らしい存在だったとしてもフィオーレ様を蔑ろにしているという点で、見る目がないと思ってしまうけれど……。

だってフィオーレ様は紛うかたなき、地上に舞い降りた天使と言える存在なのよ？　フィオーレ様の人となりを知った人は全員、その素晴らしさを前にひれ伏すとさえ思っているわ。

「確か、そのはずですね。どうやら当時、他国の間諜《かんちょう》などがグランデフィールに入り込み、当時の貴族家当主達をそそのかしていたとも聞いています。そのうちのそそのかされてしまった一人が、陛下の弟殿下ですね」

「だからこそ、王族を一人でも多く増やしたいのよね。そのためには陛下と夜を過ごさなければならないわけだけど、どうやってその気になってもらおうかしら？」

陛下の弟殿下は反乱を企て、その結果幽閉されているらしい。この国で表舞台に立っている直系の王族は国王陛下だけだ。

だからこそ、この国は王族を一人でも増やしたいと思っているのだ。

フィオーレ様は祖国にいた頃、親しくしていた年配の侍女から床教育というのを受けている。

だけど男女の関係はその男女の数だけ違うはずなので、陛下相手にどうするべきか悩んでいるようだ。

「分かりません」

「向こうが私に好意を抱いてくださるようになって、手を出してくださるようになるのが一番よね？　王としての責務を問うのもありかしら？　王として立派な方なのだもの。子が必要だという重要性ぐらいは理解していると思うわ」

「理解しているのならば初夜にぐらい来ると思いますが」

「それは色々と思うところがあるのではないかしら？　私もこれからのために夜の誘い方なども学ぶべきかしらね！」

そう言いながら、にこにこしているフィオーレ様は枕元に置かれている本へと視線を向けている。その本をぺらぺらとめくる。

本の表紙には一匹の猫が描かれている。

「ねぇ、ヴェルデ。式の際に猫を見かけたのよ。王族の結婚式に猫が迷い込んでいるなんて面《おも》白《しろ》い話よね」

「猫ですか？　私は気づきませんでした」

私のその言葉に、フィオーレ様は驚いた顔をする。

「あら、気づかなかったの？　ヴェルデが動物の気配に気づかないなんて珍しいこともあるのね」

「はい……」

フィオーレ様の言葉に、少し悔しい気持ちになる。

フィオーレ様を守るためにそういう気配はきちんと気づかないといけないと思っているのに……。

この調子ではフィオーレ様によからぬことを企《たくら》むならず者の存在に気づけずに、大変な事になってしまう可能性もある。フィオーレ様のことを守るためにももっと鍛錬を積まないといけない。

グランデフィール王国にやってきてから、情報収集なども含めてやることが多くて以前よりおろそかになってしまっているわ。それでは私のフィオーレ様を守れないわ！

「落ち込んでいるの？　大丈夫よ。何もなかったでしょう？」

「はい。でも……そういう忍び込んでいる生き物一つ気づけないのならば、フィオーレ様に何かあった時に対応が出来ないかもしれません」

「本当にヴェルデは心配性ね？　大丈夫よ？　少なくとも表立ってこの国の王妃である私を害そうとは思わないはずだから。幾ら私が小国出身の姫だからといって、直接狙ってくる者は少ないはずよ。それより、その猫なのだけど……真っ赤なルビーのような瞳の、美しい猫だったわ」

フィオーレ様の言葉に、私はこの前のことを思い出して、「あ」と声をあげる。

「もしかしてその猫は灰色の体毛の猫でしょうか？」

「ええ。何か知っているの？」

「いえ……、一度だけ捕まえようとして失敗しただけです」

「ヴェルデが捕まえられなかったの？」

「はい……」

私は益々《ますます》悔しい気持ちでいっぱいになった。

フィオーレ様の侍女として、情けない姿を見せたくないのに……。あの猫ちゃんの存在に式の最中に気づかなかった。それにこの前は捕まえることも出来なかったし……。

私はフィオーレ様の前では、何でも出来るような完璧な侍女でありたいのに。

「式にまで顔を出していて追い出されないということは、王城内で飼われている猫なのでしょう」

「そうだと思うわ。もしかして陛下の愛猫だったりするのかしら？」

王城という場所において絶対的なルールを持つのが、国王陛下だ。その国王陛下が許可をしなければ城内を猫ちゃんが自由気ままに歩き回るなどということはありえない。だからきちんと許可されている猫ちゃんなのだろうなと思う。

だって猫というのは気まぐれで、高価な家具が傷つけられたりする可能性もある。貴族が噛《か》まれて怪我でもしたら大事件に発展する。人によっては猫を処分しようなどと言い出す者もいるかもしれない。

「そうかもしれませんね。この国は猫を大切にしていると聞きますから、それに倣《なら》って飼っているのかもしれません。となると……捕まえられなくて良かったかもしれません。陛下の愛猫を無理やり捕まえたとなると、私の心証も悪くなっていたかもしれませんから」

王の愛猫と、お飾りの王妃の侍女。

どちらが優先されるかと言えば、陛下の愛猫の可能性が高い。私がそれで処罰されるなんてことになったら——フィオーレ様は全力で庇《かば》ってくれるだろう。その結果、大変なことになるかもしれない。本当にこの国において、現状のフィオーレ様の立場は弱いのだ。

「そうね。でもその猫と仲良くなれたら……もしかしたら陛下との会話のきっかけにはなるかもしれないわ。とはいえ、私自身はあまり自由には動き回れないわね。だから貴方はもしその猫を見かけたら仲良くするように心がけてくれる？」

「はい。出来る限りその命を遂行します」

「もちろん、無茶をしては駄目よ？　もしヴェルデの身に何かが起こってしまったら私はとても悲しいもの」

「はい。もちろんです」

私がそう答える中で、フィオーレ様は猫が描かれた本を読んでいる。

ちらりとその本に視線を向ける。それは文章よりも絵の比率の方が多い本である。どちらかと言えば子供向けのものなのだろうか。

「守護神グラケンハイトに纏わる絵本ね。コラレーシアでは読んだことはなかったけれど、この国の国民達は誰でも読んだことがあるようなものなのかしら？」

そう言いながら、フィオーレ様は微笑む。

この部屋にその本が置かれているのは、他国から嫁いできたばかりのフィオーレ様に対する配慮の一つなのかもしれない。

当然のことだけど、コラレーシアでは守護神グラケンハイトなどという存在が信仰されていることはないのでその本をフィオーレ様が読むのは初めてである。

私もあとで読ませてもらおう。こういう情報は知っておいた方がいい。

「この一帯は昔、砂で覆われていた。緑もなく、危険な魔物の蔓延る地であった。うん、信じられないわね」

フィオーレ様はそう口にしながら、窓の外へと視線を向ける。私もつられてそちらを見る。そこに広がっているのは、緑が広がる光景だ。

本当にこの場所が砂で覆われていたのだろうか？　今ではこんなに豊かな土地なのに、よく分からない。

「グランデフィールの祖とされる少年が、守護神グラケンハイトと縁を結び、そしてその力を借りてこの地は発展した。今この時の平穏は守護神グラケンハイトが存在しているからであり、我々はそのことに感謝の気持ちを忘れてはいけない。……こんな大国が栄えた大きな要因と平穏がいるかどうかも分からない守護神のおかげだなんて、凄い考え方だわ」

「フィオーレ様、それをこの国の国民達の前では言ってはいけませんよ？」

「分かっているわよ。でもなんというか……それだけ偉大で、この国に影響を与える存在が本当にいるのならば、もっとこの国は栄えるのではないかと思っただけよ」

フィオーレ様は信仰深いわけではなく、神というものが実在しているとは思っていないだろう。それは私も同じ気持ち。

だけれどももちろん、そんなことを神を信仰している存在の前で口にすれば大事になる。

ただフィオーレ様の言っていることは尤もなことだとは思う。

それだけの力を持ち合わせていたのならば、もっとこの国は栄え、周辺諸国からも神が存在する国だと噂になるはずだ。

だからやはり言い伝えられているだけで実際は存在しないのではないかと思う。

私の生まれ育った集落では、自然を敬うべきという考え方はあった。それは私たちが自然豊かな土地で、それらに囲まれて生きてきたから。だけれど特定の神様を信仰するということはなかった。だから余計に、神様と言われてもピンとこないのかもしれない。

ただ人に救いを与える存在を神と呼ぶのならば――私にとってはまさしくフィオーレ様がそういう存在だと言える。

「もし本当にそのような存在がいるのならば、勝てるでしょうか……」

「ちょっと、なんでいたら戦う気なの？」

「だって得体の知れない人ならざる者でしょう？　もしかしたらフィオーレ様の可憐さに惑わされるかもしれません。それかフィオーレ様に信仰心がないことを悟って、機嫌を損ねるかもしれません。昔読んだ絵本の中で、神から生贄《いけにえ》を求められるなどというものもありました。本当にその人ならざる者が存在するのならば、友好的ではいられないかもしれません。その際は戦わなければならないでしょう？」

　私はもしそんな人ならざる者がいたとしても、躊躇はしない。

　もしフィオーレ様に手を出す存在がいるならば、どこの誰であろうとも、相手が何者だったとしても——私はフィオーレ様を守るために立ち向かうだろう。

「貴方は本当に私のこととなると極端ね？」

　私の思いは、きっと重たい。だけどその重たい親愛をフィオーレ様は受け止めてくださる。

　おかしそうにくすくす笑うフィオーレ様は、嬉しそうにしている。

「当たり前です」

「でもそうね、守護神グラケンハイトって名前からして男性よね？　ならば私の見た目で籠絡《ろうらく》できるなら楽よねぇ。陛下は私の見た目になんて興味はなさそうだけど、守護神に私の見た目を気に入ってもらえるならそれはそれでやりやすいわ」

「……フィオーレ様、もし実在したら近づく気ですか？　やめましょうね。もし仮に本当にその存在がいたとしたら、私がしっかり調べてからでないと近づけさせませんからね？」

「分かっているわ」

そのように二人で話しているとあっという間に時間が過ぎていく。

「フィオーレ様、そろそろお休みにしましょう。夜更《よふ》かしは体に毒です」

「それもそうね。……おやすみなさい、ヴェルデ」

「はい。おやすみなさい。フィオーレ様」

それから私とフィオーレ様は別れ、それぞれ眠りについた。

＊

「ルードヴィグ」

その聞きなれた声に、グランデフィールの国王である俺、ルードヴィグは慌ててベッドから飛び起きた。

ぐっすりと眠りの世界に誘《いざな》われていた。

王である俺の寝室に誰かがやってくることは本来ならばありえないことである。それは王位についている者の命は何にも代えられないほどに重いから。眠りについている時さえ、護衛は当然ついている。

だけど、その声の主は馴染《なじみ》のあるものなので俺は特に危機感は覚えていない。寧ろこの方はいつも突然こうしてやってくるから。

「グート様、何の御用ですか？」

俺はその声をかけてきた相手に向かってへりくだったように問いかける。俺がこんな風に畏《かしこ》まっている様子を周りが見れば驚くだろう。

「式を見た」

「はい。いらっしゃっていたのは確認しています」

式の時のことを思い起こし、俺はそう口にする。

「あの小さかったルードヴィグが結婚とは、不思議なものだ」

「グート様、俺はもう二十八歳です……」

まるで子供扱いをするかのような態度に、俺は何とも言えない表情になる。

「二十数年など、子供だろう」

グート様からしてみれば二十数年など子供という認識なのだろう。とはいえ、いい加減子供扱いはやめてほしい。

「そうですか……。それで、結婚のお祝いをしにいらっしゃったのですか？」

「そうだ。結婚祝いにこれをやろう」

「……お酒ですか。ありがとうございます。結婚とは言っても長く続くかわかりませんけど」

グート様が持ってきたのは、お酒だった。それを受け取り、思わず苦笑を浮かべてしまう。

俺にとってこの結婚は――あくまで周りが煩く、丁度良いからという理由で行ったことだ。

長く続くとは思っていない。何かしらの理由があれば離縁するだろうし、そもそも俺に近づく異性が危険な目に遭っていることもあるので、向こうから逃げていくかもしれない。

「人は不思議だ。そういう気持ちがないのならば結婚などしないでいいだろうに」

「そうもいかないのですよ。グート様、飲みますか？」

「飲むとしよう」

「では準備します」

そう口にして、俺はグラスなどの準備を済ませる。グート様はソファに腰かけたままだ。

「あの王妃とその侍女は面白そうだ」

「……面白そうですか？　グート様が興味を持たれるのは珍しいですね」

グート様がこのようにおっしゃるのは珍しい。それが不思議であり、少し面白くないと思ってしまった。

俺からしてみると、嫁いできたばかりのフィオーレ・コラレーシアと、名前も知らない侍女に関してはそこまで興味を抱く存在ではなかった。沢山の人間を見てきたグート様が興味を抱くのはなぜだろうか？

あくまでこの結婚は政略的なものであり、周りの側近から求められたから行われたものだ。

そういう口だけ煩い連中を大人しくさせるための意味もあって、コラレーシアという小国の姫君と結婚した。

それに幾ら『コラレーシアの冷血姫』と呼ばれていようとも、国力差があるグランデフィールで好き勝手は出来ないはずだから。

「そうだね。ただルードヴィグの結婚相手だからこそ、気に掛けているだけというのもあるが」

「……すぐに離縁する可能性も高いので、下手にグート様に興味を持たれても困るのですけれど」

俺は思わずそう告げる。

フィオーレ・コラレーシアが噂通りの人物であるのならば、そのうち許容できないような行動を起こすかもしれない。それに噂通りでなかったとしても俺の妻という立場であるが故に狙われ、自分から逃げる可能性だってあるだろう。

それを考えるとグート様が気に入られると、どう対応をするか少し困る。

「そうか」

「はい。とはいえ、本当にグート様が気に入ったというのならばどうにでもしますが」

ただ本当にグート様が、妻になった姫とその侍女に関心を持たれているというのならばどうにでもしよう。

俺にはどうして気に入ったかは分からないけれど、きっとグート様が気に入る何かがあったのだろうとは思う。

それならば、あの二人が少なくとも不幸な目には遭わないようにどうにかするのは当然である。なぜならグート様の望みは叶《かな》えられるべきことだから。

俺の言葉にグート様は笑った。

そしてその後、俺達はお酒を汲《く》み交わし、夜は明けていくのであった。

第二章　姫様の花壇で私は出会う。

「フィオーレ様、ごきげんよう」

「ええ。ごきげんよう」

私、ヴェルデは王城内を歩き回っているフィオーレ様の後ろに付き従っている。

結婚式という晴れ舞台を終え、フィオーレ様が王妃という地位について既に二週間ほどが経《た》った。

その間、国王陛下がフィオーレ様の元を訪れることはない。……腹立たしいことにフィオーレ様から交流を持ちたい旨《むね》を伝えているのにそうなのよ！　私だったらフィオーレ様からそんなことを言われたら飛んでいくのに。

そのことにはもやもやした気持ちになる。だってフィオーレ様のような素晴らしい妻を持ったにもかかわらず、そんな態度なんて……！　そう思うのは私がフィオーレ様の侍女だからだろうけれど。

それだけではなく、王妃という地位についていても今のところ、フィオーレ様には何の仕事も与えられていなかった。それはフィオーレ様が望んでいてもである。

そういう状況でフィオーレ様が何をしているかと言えば、周りの人々との交流だった。

私はちらりとフィオーレ様に挨拶《あいさつ》をしている庭師を見る。

その庭師は最初の頃《ころ》、冷血姫などと噂《うわさ》されているフィオーレ様のことを警戒していた。

フィオーレ様に話しかけられ、にこやかに笑い返していても——警戒心がその目には宿っていた。だけど、今はどうだろうか？　もうすっかり孫を見る目というか、フィオーレ様に心を許している。そういう点が本当に流石《さすが》だわ。私のフィオーレ様はそういう風に人を味方に付ける力が長《た》けているの！

私たちがいるのは、王城の敷地内にある庭園。その真ん中には温室が存在している。

どうやらその温室は先代王妃——国王陛下の今は亡き母君が愛していたものだという。ただし今では最低限の手入れがされているだけで、放置されているみたい。

なんとももったいない話だなと思う。こういう温室はきちんと手入れされている方がいい。

「私が好きだといった花を植えてくれたのね。ありがとう。花が咲くのが楽しみだわ」

可憐《かれん》に微笑《ほほえ》みかけるフィオーレ様を見て、庭師達はすっかり骨抜きになっている。その様子を見て、私は満足している。だってフィオーレ様は周りに好かれるべき存在だもの！

「フィオーレ様に喜んでもらえるかと思うと、手入れのし甲斐《がい》があります。陛下は庭園にあまり興味がありませんから……」

「まぁ、そうなのね？　美しい庭園を見ているだけでも心が洗われる気持ちに私はなるのだけど……。親しくなった後にお誘いしたら断られてしまうかしら？　おかしいわよね。会ってももらえないのに、こんなことを考えるなんて。でも……私は陛下と親しくなりたいと思っているの」

「フィオーレ様……」

悲しそうな表情を見せるフィオーレ様を、庭師達は痛ましそうに見ている。

これらのフィオーレ様の言動は、全《すべ》て計算尽くであるというのはこの場で私だけが把握していることだと思う。

フィオーレ様は天使か妖精かと見間違えるほどに愛らしい顔立ちをしている。だからこそ、こういう表情はより一層効果的なの。

フィオーレ様は人から自分がどう見られているかというのをよく分かっている。どんな行動をすれば相手から好意を向けられるかを把握しているからといって、実際に行動できるかどうかは別だと思う。だけどフィオーレ様はそれを実行できてしまう人だ。

こうして味方がほとんどいない場所で、着実に味方を増やしているのは本当に流石だと思う。

それと同時に、私は自分の不甲斐なさを実感する。

だってフィオーレ様がこんなにも自分の長所を生かして着実に味方を増やしているのに、私は何も出来ていない。そのことに落ち込んでしまう。

私が集めた情報がフィオーレ様の役に立っていることは知っている。それでも……私自身がフィオーレ様のためになっていると自信を持って言えるほどに行動が出来ていない。

どのように動くのが一番、フィオーレ様のためになるのだろうか。

フィオーレ様の望みと言えば、やはりまずは国王陛下と親しくなることよね。なんとかして国王陛下がフィオーレ様とお会いする機会を作れないかな？　フィオーレ様は本当に素晴らしい方だから、一度きちんと話が出来ればきっと問題ないはずだもの。というかその機会をフィオーレ様が逃《のが》すはずはないわ。

フィオーレ様は国王陛下と話す機会があればきっと、滞りなく王妃業を務めることが出来るとしめすはずだもの。

私はフィオーレ様ならば、それが出来ると信頼している。

フィオーレ様ならば一度でも国王陛下と二人で話せばどうにか出来るはずなのだ。

そのためには――。

「ヴェルデ！」

あまりにも考え込んでいた結果、私はフィオーレ様の声を聞き洩《も》らしていたようだ。はっとして、慌てて返事をする。

「申し訳ございません。フィオーレ様、考え事をしておりました」

「いいのよ。それより、ほら……この一角を私に与えてくださるように話を通してくださるのですって！」

フィオーレ様はそう口にして、目を輝かせている。

その言葉に、指さしている方を見れば、こぢんまりとした花壇の一角がある。

まばらに花が咲いているが、それだけの空間だ。

「そうなのですか？　それは良いことです」

「ええ。とても嬉《うれ》しいわ。コラレーシアから持ってきた種を植えることが出来るわね！」

「はい。持ってきたものが無駄にならずによかったです」

フィオーレ様が祖国から持ってきた数少ない荷物。その一つが植物の種である。というのも、祖国にいた頃からフィオーレ様は植物を育てるということをよく行っていた。

それは趣味であり、実用性も兼ねたものだ。その美しい緋《ひ》色の瞳が、嬉しそうに煌《きら》めいている。

フィオーレ様は本当に植物を育てることを好んでいる。

私とフィオーレ様が会話を交わしているのを、庭師はにこやかに笑いながら見ていた。

そしてその庭園の一角がフィオーレ様に下げ渡されたのは、その数日後のことだった。そのことを私に伝えてきた遣《つか》いの侍従は「なぜ、冷血姫が庭園の一角を求めるのだろうか」と疑問に思っているようだ。

噂の通りのフィオーレ様ならば、もっと高価なものを求めたりしそうだもの。実際のフィオーレ様はただ平穏に生きられればいいとそう思っている方なのに。

私は侍従の態度に苦笑しながらも、庭園の一角を下げ渡されたことが嬉しかった。これでフィオーレ様が喜んでくださる。

さて、まずその一角をフィオーレ様が使いやすいように整えるのが私の仕事である。

フィオーレ様はこの国でよく思われていないので、その一角によからぬことを行う人がいるかもしれない。そういう存在を排除するのが私の役目である。

「問題はなさそうかな」

そう言いながら、私はその一角の土をほじくり返したり、あたりに不審なものがないかを調べている。

その最中に、

「何をしているんだ？」

急に、近くから声が聞こえた。

あまりにも近くから声が聞こえてきて、私は驚き、飛び上がってしまった。そしていつの間にか近づいてきていたその声の主から離れる。

「くははっ。そんなに驚いたのか。王妃の侍女よ」

おかしそうに笑うその人は、腰まで伸びるグレームーンストーンのような灰色の髪と、ルベライトのように煌めく真っ赤な瞳を持つ男性だった。

私よりも頭一つ分は高い。ゆったりとした服装を身に纏《まと》ったその人がどういう立場の人なのか全《まった》く分からなかった。

不思議な雰囲気を持つ相手だとは思う。

「……何か御用ですか？」

私は思わず、警戒したようにその男性を見る。

私は気配察知能力に長けていると自分では思っていたのに、この国に来てからというものその自信が喪失してしまっている。

この男性が近づいてきたことに気づけなかったことで、余計に彼を警戒してしまう。

表情を変えずに、ただ警戒心を露《あら》わにする私を見ても、その男性は嫌な表情一つもしない。

そのことに少し苛立《いらだ》ちを感じる。私だけが警戒しているなんて面白《おもしろ》くない。

「何、王妃の侍女が何かしているのを見かけたから、気になって声をかけただけだよ」

見た目やその雰囲気からは分からない、想像よりも柔らかい口調だった。おかしそうに笑い声をあげている。どこか、浮世離れをした雰囲気を醸《かも》し出している。

「……私は主に与えられた庭園の一角の確認をしていただけです。それに、私にはヴェルデという名前があります。王妃の侍女、王妃の侍女と呼ぶのはおやめください」

目の前にいる相手がどういう立場か全く判断がつかない。そういう状況だからこそ、私は丁《てい》寧《ねい》な口調を心がけている。

「ふむ。ヴェルデか」

「はい。……貴方《あなた》は?」

「そうだな。君が好きに呼べばいい」

「ええ?」

そんなことを急に言われても正直何と答えたらいいか分からない。そもそもなぜ、この人は初対面の私に呼び名を決めさせようとしているのだろうか。それだけでも変わっている気がする。

「なぜ、私がそれを決めなければならないのですか? そもそも貴方とこれからも話すというのは確約されておりません。突然、言われても困ります」

「それでも折角《せっかく》だからね。それに私は君とこれからも話したいなと思うのだけど」

……何を言っているのだろうか?

そう思いつつ、私はじっとその人を見る。

宝石のように煌めく赤い瞳は、興味深そうに私を見ている。

声や言動から男性だというのは分かるけれど、中性的な見た目だわ。

それにただ立っているだけというのに、全く隙《すき》がない。その不思議な雰囲気に、彼のペースに乗せられてしまいそうになる。それにじっと見ていると、何だか引き込まれてしまう。

「そんなに私を見てどうした?」

不思議そうにのぞき込まれる。その透き通るような赤い瞳に、私の顔が映し出されている。

「……綺麗《きれい》な瞳だなと思っただけです」

目の前の相手が何者なのか、それが分からないから警戒してしまう。目の前のこの人は、あまりにも隙がなさすぎる。

「もっと見てもいい。代わりに私も君を見させてもらおう」

「……なぜ？」

「君が私を見るなら、私だって君を見てもいいはずだろう？」

そんなことを言いながら、目の前の男性はじっと私のことを見ている。

観察されているというのが分かった。なぜ、まるで興味深い玩具を見つけたかのように、見つめられているのか私には分からない。

このまま視線をそらして、見つめられたままだと負けた気分になるので引き続き彼を観察してみる。

目を合わせて、互いに観察し合うという、謎の時間が続けられる。何だか気まずい気持ちになる。

……どうして私は初対面の男性と、こんな風に観察し合っているのだろうか。

そんな不思議な気持ちになりながら、途中でやめるのは負けだという謎の対抗心からそのまま続ける。

「……ルベライトはどうですか」

そして私は、じっとその瞳を見つめていて思い浮かんだ宝石の名を口にする。

「ルベライト？　それが私の呼び名？」

「はい」

「どういう意味だ？」

「ルベライトは宝石の名前ですわ。貴方の瞳は、ルベライトのように綺麗だからです」

美しい赤色の宝石で、私もお気に入りだ。石言葉に「広い心」の意味があって、それも目の前のこの人にはあっているのではないかと直感的に思う。だって普通なら初対面の侍女がこんな風に警戒心を露わにしていれば不快に思ってもおかしくない。じっと瞳を見つめることも、そういう性格でなければ許してもらえないだろう。

あとはルベライトはその人の魅力を最大限に発揮すると言われていて、しっくりきたのだ。

私の言葉に、目の前の彼は笑う。

「いいな。では、そう呼ぶように。ヴェルデは私の瞳が綺麗だと言ったけれど、君の瞳も同じぐらい綺麗だな」

突然、そのように褒められ、私は驚いた。

「な、何を言ってるの？」

動揺を隠せなかったのは、そんなことを言われるとは思っていなかったから。

彼——ルベライトさんのように美しい瞳を持つ方に、瞳のことを褒められるのは嬉しかった。

少しドキドキしてしまったのは、ルベライトさんの笑みがあまりにも優しい笑みだったから。

本心からその言葉を口にしているというのが分かったから、恥ずかしいとも思った。

思わず口調が崩れてしまって、こんなにも自分が動揺したことにもびっくりした。

「何を動揺している？　私は思ったままを口にしただけだよ」

そんな風に笑われて、私は動揺した心を何とか鎮《しず》める。

「……そうですか。女性を褒めるなら、自分と同じくらい綺麗ではなく、君の方が綺麗とかじゃないのですか？」

「どうして？　だって私の瞳が綺麗なのは当然だろう？」

「……そうですか」

私は頷《うなず》く。

ルベライトさんは、自分の見た目に絶対的な自信があるらしい。傲慢《ごうまん》な物言いだけれども、嫌味がない。ただ真実を口にしているだけといった雰囲気だ。

本当に不思議な人だ。私がこれまで、会ったことのないタイプの性格をしている。

「ルベライトさん。私はやることがあります」

「ああ。するといい」

ついついルベライトさんのペースに乗せられて、話し込んでしまった。けれど私にはやるべきことがあるのだ。

だけど、なぜかルベライトさんは立ち去らない。私のことをにこにこしながら見ている。

「……あの、いつまでいるつもりですか？」

私は思わず、不審げな瞳をルベライトさんに向けてしまった。

「ヴェルデが何をするか見ていようかなと」

「貴方がいると予定していたことが出来ません」

「なぜ？　やればいいだろう？」

そう言われて、私は思わず眉を顰《ひそ》めてしまった。

初対面だけれども、ルベライトさん自体に不快感はない。飾らない笑顔を見ていると、寧《むし》ろ穏やかな気持ちにはなる。

とはいえ、信頼ができるかどうかというのは判断が出来ない。

私のそんな様子を見て、ルベライトさんは笑った。

「なるほど。私がいると行動する気はないのか。ならば去ろう」

「はい。そうしてください」

「またな、ヴェルデ」

「……はい」

この人はまたこれからも私に話しかけてくるつもりなのだろうなというのを悟った。

ルベライトさんは私の言葉を聞くと、そのまま軽い調子で去って行った。

本当によく分からない人だ。全くと言っていいほど掴《つか》みどころがなくて、観察していても何を考えているかさっぱり分からない。

……王城を当たり前のように歩いているけれど、どういう立場の人なのだろうか？　誰にでもこんな風に話しかけるのだろうか？　普段からこれだけ飄々《ひょうひょう》とした態度をしていると何かしらの問題でも起こしてそうな気がする。

などと、会ったばかりのルベライトさんのことを考えてしまう。

私は首を左右に大きく振った。

……ルベライトさんのことはとりあえずおいておこう。私にはそれよりもやるべきことがある。

私は周りに人がいる気配がないことを確認すると、薄く自分の魔力を流す。

不審な物がこの場に存在しないかというのを確認するためのものだ。

よっぽど魔法に長けた者でないと気づけないほどの微弱なもの。王城の探知に引っかからない程度の魔力。

周りにばれないように私はひっそりと魔力を流していた。

だけど……私の勘では、先ほどのルベライトさんは私の魔力に気づくかもしれないと思った。魔法に馴染《なじみ》のない人ならば気づかない。そんな少しの魔力にも気づかれそうな予感がしていたのだ。だからこそ余計にルベライトさんに去ってほしかった。

今のところ、調べた限りは変な物は紛れていない。

そのことにはほっとした。

それにしてもこの場所をフィオーレ様に与えたグランデフィール側の意図はなんだろうか。

陛下が許可したからこそだろうけれど。

もしかしたらフィオーレ様の評判が悪いせいで、何か企《たくら》んでいると思われて泳がされているのだろうか。

グランデフィール側がこの庭園の一角に何かを施していないことは良いことだけれども、裏を考えてしまう。純粋な好意で与えられたものではきっとないはずなのだ。

そんなことをつらつらと考えていると、私の耳に一つの鳴き声が響いた。

私ははっとしてそちらを見る。

そこにいるのは、つい先日捕まえることの出来なかったあの灰色猫だ。

赤い瞳がじっと私のことを見ている。この猫ちゃんも、ルベライトさんと同じ赤い瞳だ。なんだか似ているかも。

そんなことを思いながら、私は猫ちゃんへと手を伸ばす。そして躱《かわ》される。

「猫ちゃん、私に撫《な》でられたくないの?」

苦笑しながら私は猫ちゃんを見る。

「この前みたいに捕まえようとは思ってないわ。だから、逃げないで。貴方はこの城で飼われているの？」

警戒する猫ちゃんに向かって、私は安心させるように笑いかける。

こちらの言っている意味など分からないだろうと思っていたのに、その猫ちゃんは私の言葉を理解しているかのように立ち止まった。

この猫ちゃんは何が好きかな？　やっぱり魚とか？　とはいえ、幾ら仲良くなりたくても勝手に池の魚を捕るのは駄目よね。

ちらりと庭園内に存在する池の方へ視線を向ける。

その池では、観賞用の魚達が優雅に泳いでいる。それらを捕ることなど、簡単に出来るだろう。とはいえ、城内の物は全て国王陛下の所有物である。勝手にそんなことをすれば面倒な事態になりかねない。

「猫ちゃん、ちょっと待っていてね」

私はそう口にすると、厨房《ちゅうぼう》へと向かうことにする。

この二週間で厨房に私は何度も顔を出している。というのも嫌がらせの一種で、食事が届かないまたは問題のある料理が届けられるということが起こっていたからだ。

フィオーレ様は「きちんとした証拠を集めて、私の地位を確立してから断罪するから今は我慢してね」と笑っていた。

だから、まだそういう嫌がらせをしてきている者達に何の報復も出来ていない。ただ流石に我慢できない時は、ちょっとした意趣返しはしているが。

嫌がらせをしてきている相手に対する報復は、その大元を叩《たた》く必要があるというのは私も分かっている。実行犯達を断罪したところで、蜥蜴《とかげ》の尻尾切りのように、命じられた者だけが表面上に罰されるだけなのだから。

国王陛下へと近づく者には危険が訪れると囁《ささや》かれている状況下で、今後のことを思えば根本的な問題を解決すべきであるとフィオーレ様は判断しているのだ。

でも私からしてみると、そのためにフィオーレ様が嫌な思いをするなんて……とそう思えてならない。早く問題を解決して、フィオーレ様が健《すこ》やかに過ごせるようにしたい。

私はフィオーレ様に安全な食事を届けるために、厨房によく訪れている。フィオーレ様は嫌がらせをされて、泣き寝入りをして終わる人ではない。寧ろその状況を上手《うま》く利用なさっている。私はそういうフィオーレ様の強《したた》かさも含めて尊敬している。

「失礼します」

私がそう言って厨房に顔を出せば、すぐに顔見知りの料理人達に声をかけられる。

「ヴェルデさん、食事時ではない時に来るのは珍しいですね？　どうなさいました？」

いつも私が厨房を訪れるのは食事時の時間帯だった。今は、そうではない。この時間から私が顔を出すことは珍しく、その年配の男性は不思議そうな顔をしている。

「何か猫のおやつになりそうなものはありますか？」

「猫のおやつ？」

「はい。城内をうろついている猫と仲良くなりたいのです」

「そうなんですね。ではこちらの魚で、何か作ってもらって大丈夫ですよ」

「ありがとうございます」

私はお礼を口にして、早速《さっそく》その魚を使わせてもらうことにした。

まじまじと、その魚を見る。グランデフィールは国を横断するように大きな河川が流れている。そこには豊富な魚介類が生息しているらしい。コラレーシアは海に面した国だったので、その種類は異なる。食卓に並ぶ魚一つ見ても、違うのである。とはいえ、流石に基本の処理などは一緒みたいだけど。

その魚をすり身にする。そして焼いた。私が行ったのはそれだけである。火が通ったそれを、味見のために口に含んでみる。

「うん。美味《おい》しい」

美味しくて満足した。問題ない味付けだったので、そのすり身焼きを皿に移す。それが終われば先ほど猫ちゃんがいた場所へと戻ることにする。

「猫ちゃん」

庭園の一角へと戻ると、猫ちゃんは大人しくその場に残っていた。

正直、もういなくなっているかもしれないと思っていたので、そのまま残ったままであったことに驚く。

もしかして、この猫ちゃん、頭が良いのかも……？

そんなことを考えながら、私はするすると猫ちゃんへと近づく。

「良かったら、これを食べて」

そう口にして皿を猫ちゃんの前に置く。その猫ちゃんは私の言葉を聞いて、食べ始めた。その様子を見て私は思わず小さく笑った。

というか、この猫ちゃんは私に対して警戒心はありそうなのにすぐに私の作ったものを食べてよく分からない。

知らない人から何かをもらうのは危険なことなのになと思うと、不思議な猫ちゃんだなと改めて思った。

「美味しい？」

私が声をかければ、皿から顔をあげた猫ちゃんは頷く。その様子を見て、やっぱり私の言葉を猫ちゃんは理解しているのだと実感した。

「猫ちゃんは、ずっとこの城に住んでいるの？」

もちろん、それに対する明確な返答は返ってこない。ただそれでも私は構わない様子で話しかける。

「猫ちゃん、これから此処《ここ》にフィオーレ様が薬草園を作るの。猫ちゃんも怪我《けが》をしたら教えてね？」

にっこりと私は猫ちゃんへと話しかける。それに対して猫ちゃんは特に何の反応も示さない。でも聞いてはいるみたい。

すり身焼きを食べた猫ちゃんは、ふと私に近づいてくる。

近づいてきた猫ちゃんに手を伸ばすと、また避けられた。私から触れるのは駄目でも、自分から近づくのはいいらしい。本当にマイペースだ。

猫ちゃんはそのまま、私に向かってにゃああんと鳴いた後、その場を後にするのだった。

＊

「いい感じね。でもいきなり生い茂っていても違和感を持たれてしまうから……、そのあたりちゃんと調整しないとだわ」

フィオーレ様が目を輝かせて、国王陛下からもらったばかりの庭園の一角を見て笑っている。

「そうですね。それがよろしいかと思います」

フィオーレ様は、庭仕事をするからという理由で普段の華やかなドレスではなく、動きやすい素朴なワンピース姿である。その姿を見たらこの国の王妃だとは思えないだろう。

基本的に王族の姫君というのは、流行のドレスを身に纏うものであるが、フィオーレ様は体面よりも利便性を優先した様子である。

それどころかフィオーレ様はパンツスタイルになることさえも躊躇《ちゅうちょ》しない。コラレーシアにいた頃は周りから咎《とが》められることがないのを良いことに、よくそういった服装で庭仕事に精を出したりしていたのだ。

ただし流石にこのグランデフィィールの王妃という立場である身で、その恰好をするのはやめてしまったけれど。でもどんな姿であれ、フィオーレ様の輝きは損なわれないけれど！

なんだか色んな服装をしているフィオーレ様を想像してしまう。

例えば私と同じような侍女服を身に纏ったフィオーレ様。可愛《かわい》らしいわ！　例えば下町の食堂の給仕服に身を包むフィオーレ様。素晴らしいわね！　例えば王城で警備をしている騎士服を着たフィオーレ様。なんて凛々《りり》しいのかしら！　想像しただけで何だか楽しくなってきたわ。いつか、フィオーレ様はそういう服を遊びで着てくださったりしないかしら？　少し見てみたい。

と、そんな妄想をしている場合ではないわ。そう思って私は目の前のことを考える。

王侯貴族だと下の者達に命じるだけで自身が行動しないことも多いのだけど、フィオーレ様は基本的に何でも自分で行おうとするタイプなの。庭仕事も同様だ。

きっと噂のフィオーレ様しか知らなければ、こんな一面を見て驚くだろうな。

「育てた物が今後、役に立てるようになるといいのだけど……」

「きっといつか、役に立つ日が来ますよ」

私がそう言って笑えば、フィオーレ様も微笑んだ。

それから私達は、コラレーシアから持ってきた植物の種を植えていった。

フィオーレ様付きの他の侍女達は、「席を外してほしい」と言われるとサボる口実とばかりに姿を消している。

王妃というこの国で最も高貴な女性をそのように放置して良いことは何もない。だけれどもフィオーレ様はそのことが助かっているようだ。

「なんだかこうやって一緒に庭仕事をしていると、嫁ぐ前のことを思い出すわ」

「こちらに嫁がれる前も……一緒に薬草の世話をしていましたものね。こうやってこの国でも同じように出来ることが私も嬉しいです」

私達は会話を交わしながら、作業を進める。

庭師達はフィオーレ様が自ら庭仕事をすることを知って驚いていた。とはいえ、すぐに受け入れてくれたが。

フィオーレ様はその態度を見て、嬉しそうにしていた。

フィオーレ様は周りに人がいないことを確認した後、種を植えたばかりの土に向かって軽く魔力を流す。それと同時ににょきっと芽が出る。

「このくらいなら大丈夫かしら？」

「はい」

私は頷きながら、引き続きフィオーレ様と共にその一角を整えていく。

本当にいつ見ても、フィオーレ様の魔力は心地が良いわ。穏やかで優しい魔力で、フィオーレ様にぴったり。

フィオーレ様は植物魔法の使い手だ。尤《もっと》も植物魔法は珍しいから、公にはしない方がいいもの。この国の国王陛下がフィオーレ様を愛してくださったらいいのに。そうしたら――フィオーレ様は自分の有能さを全く隠さずに生きられるのにな。

この世界で魔法を行使できる者というのはそもそも限られている。魔力があっても魔法を使えない者もそれなりに多くいる。その中で魔法を生業《なりわい》にしている者は数少ない。確かこのグランデフィールにもあまりいないはずだ。

基本的には火、水、風、土、雷などの自然に纏《まつ》わる魔法が一般的である。なので、フィオーレ様の植物の成長を促したりといった効果のある植物魔法は珍しいのだ。

フィオーレ様は侍女である私の目から見て、とても有能な方だ。周りから認められ、心穏やかに生きられる環境があれば悪評など流されることなく、その名を広めることが出来るだろうと確信している。

だけれどもその状況に至るために、他でもない国王陛下がフィオーレ様にそれだけの価値を見いださなければならない。それは難しいだろうとは分かっている。

それでもフィオーレ様が本来の姿を隠すことなく、のびのびと生きていけることを私は望んでいる。だからこそ、そのためにも――。

私は手を休めることなく、そんな思考をして国王陛下の住まう本殿の方へと視線を向けるのだった。


私はそれからも、フィオーレ様のために引き続き、行動を起こす。


私が向かった先は、図書室である。王城内に常設されている図書室は、許可さえあれば私のような平民の侍女でも足を踏み入れることが出来るのだ。

ずらりと並んでいる本を見ていると、少しだけ興奮した。

これだけ多くの本を見るのは初めてだった。だから、少しワクワクする。

私は幼い頃に両親から文字を習っていた。それにフィオーレ様に仕えることになってからは、知らない言語を学んだりしていた。その学びの成果がこうして役に立っていることは嬉しい。

とはいえ、コラレーシアで冷遇されていたフィオーレ様の元にはあまり多くの数の書物はなかった。コラレーシアの王城にも大きな図書室があったことは知っている。けれどそこに足を踏み入れる権利は私にはなかったのだ。

だから、単純にこういう風にコラレーシアにいた頃よりも自由があることが嬉しい。

一番必要なのは、陛下がフィオーレ様に興味を抱《いだ》くような情報よね。どうしたらいいだろうか？

陛下の趣味や性格などに関しても情報収集はしているけれど、他に何かしらないかな。

フィオーレ様と国王陛下は婚姻を結んでいる状況だというのに、お二人は個人的な交流はない。それをどうにか出来ればいいのに。

本当にフィオーレ様のように愛らしい方に興味を抱かないなんて、国王陛下は女性に興味がなさすぎるわ。

同性である私の目から見てもフィオーレ様は愛らしい少女だ。それは国が違っても、変えようのない事実だ。

私はそんなことを考えながら、真剣なまなざしで本を読む。

それはこの国においての男女の付き合いに関するものや、貴族間でのマナーなどを含めたものだ。フィオーレ様は一般的な情報は把握しているけれど、それだけである。細かい点というのは実際にこの国にやってきたからこそ分かることが様々あるの。

それらの細かい点をいくつもの本を一つ一つ読んで、確認していく。

その中で使えそうな情報を見つけた。これを使ってもいいのかもしれないと考え、早速フィオーレ様に伝えることにした。

ぱっと立ち上がり、フィオーレ様の部屋へと向かう途中に声をかけられた。

「何をしているんだ？」

「ルベライトさん、こんにちは」

声をかけてきたのは、ルベライトさんだった。相変わらず掴みどころがない様子で、雲のような人だと思う。

しかも私は……またルベライトさんが近づいてくるまでその気配に気づけなかった。

「これからフィオーレ様の所へ戻る予定です。ルベライトさんは？」

「私は何もしていない」

何もしていないなどと言われて、よく分からない気持ちになる。

王城で何もせずに過ごせるなんて普通ではない。それは王族ぐらいだと思う。ただグランデフィールで王城にいる王族は国王陛下だけのはず……。

もしかしてルベライトさんは貴族で、王城で働いているとか？　それなら少しぐらいサボっても許される立場なのだろうか。いえ、でも国王陛下はそういうものを許す性格ではないと聞いているけれど。

幾ら考えても、ルベライトさんがどういう存在か見当もつかない。

上位貴族であるのならば、忖度《そんたく》ぐらいは少しは働く。地位だけを持ち合わせていて、実務を伴わない貴族というのはコラレーシアにもそれなりの数がいた。

しかしそういうのとは、また違う雰囲気が漂っている。

「黙り込んでどうした？　具合でも悪いのか？」

そう言いながらルベライトさんは突然、私の額に手を当てる。距離が一気に近くなった。その煌めく赤色の瞳が、じっと私を映している。

「な、なんでもありません」

急に近づかれて、驚き、私はばっと離れた。

こんな風に誰かに無造作に触れられることなどなかったから、少しだけドキドキしてしまった。

その様子を見て、ルベライトさんはおかしそうに笑っている。

「私が触れたら大体が喜ぶものだが」

「確かにルベライトさんは美しい方なので、触れられると喜ぶ人の方が多いかもしれません。しかし、女性にこんな風にいきなり触れることはやらない方がいいかと」

私はそう答えながらも、呆《あき》れた表情をルベライトさんに向けてしまう。だってあまりにもその行動は無配慮で、考えなしの行動だったから。

貴族として教育を受けているのなら、まずありえない。だって異性にむやみやたらと触れてしまったら、大問題につながる可能性がある。

よっぽど軽薄な方なら別だろうけれど、ルベライトさんは貴族らしくもない。

大貴族などであればあるほど、それをきちんと学ぶはずだ。異性との付き合い方で失敗し、既成事実を作られることなどもあるのだ。

それを考えると、ルベライトさんという存在は酷《ひど》く危うい。王城を自由に歩き回れる立場でありながら、これで大丈夫なのだろうか。そう思った私はじっとルベライトさんを見て、口を開いた。

「ルベライトさんは危なっかしい印象です。貴方の周りには、貴方に忠告をしてくれるような方はいないのでしょうか？」

私がそう口にすると、ルベライトさんは驚いた顔をする。そして、次の瞬間には笑った。

「私のことを心配しているのか？」

「……そうですけど」

ずっと笑い続けるルベライトさんに、私は変なことでも言ってしまっただろうか……と複雑な気持ちになる。少しむすっとした表情で口にすると、ルベライトさんは心底おかしそうに笑っている。

「くははっ」

「なんでそんなに笑っているのですか？」

「そんなことを言う人間は珍しいから」

「……そうですか」

私はまじまじとルベライトさんを見る。

そのあり方を誰にも心配されていない状況だなんて……と正直信じられない気持ちだ。

「ルベライトさん、私は主の元へ戻らなければならないので、失礼します」

少し話し込んでしまったため、私はそう言って踵《きびす》を返してフィオーレ様の元へと向かうのだった。

フィオーレ様の元へと戻ると、「どうして遅くなったの？」と問いかけられた。

ルベライトさんについて私はフィオーレ様に話すことにする。

不思議で掴みどころのない男性で、時折話しかけてくることを告げると、フィオーレ様はすぐに心配するような表情になる。

年齢は一つしか変わらないのに、フィオーレ様は私に対して少し過保護な部分がある。もっとしっかりできれば……フィオーレ様にこんなに心配をかけることはないのにな。

もちろん、大好きなフィオーレ様に心配されるのは嬉しいけれども。

「ヴェルデ、初対面の男性には気を付けるのよ？　貴方はとても可愛いのだから。もし誰か好意を抱く方が出来たり、誰かから好意を抱かれたりというのがあったらすぐに言うのよ？」

「フィオーレ様、そういう方はきっと出来ません。それに私は可愛くはないかと」

「あらあら、本当に自己評価が低いわね？　ヴェルデはとても可愛いわ。見た目も中身も可愛い、私の自慢の侍女だもの。コラレーシアではああだったけれど、この国では見る目がある殿方がいらっしゃるかもしれないでしょう？」

フィオーレ様は私の髪に手を伸ばし、優しく撫でながら笑っている。

フィオーレ様はおそらく本気でそれを思い、私に告げているのだろう。フィオーレ様に可愛いなどと言われると、嬉しいけれど、少し恥ずかしい。

フィオーレ様は他の者の前では仮面をかぶっていることが多い。素の姿を中々見せないフィオーレ様がこうして素を見せてくれることは嬉しい。

それにフィオーレ様に頭を撫でられるのは、嫌いじゃない。寧ろ嬉しい。侍女としてはこうして撫でられることが多いとどうかと思うけれどね。

「フィオーレ様、そういう方が出来たら報告はします。でもどうせ結婚などはしないと思いますので……」

「またそんなことを言って。でも貴方は本当に可愛いのよ？　私の大切なヴェルデが悪い殿方に騙《だま》されてしまうのは望んでいないの。だからね、ヴェルデ……、そのルベライトという方が貴方を傷つけるようなことがあればすぐに言うのよ？　私が絶対にどうにかするから」

見上げるように私を見つめるフィオーレ様は、その愛らしい外見からは想像もつかない力強い言葉を放つ。その様子を見て、思わず笑ってしまう。

なんというか、本当にフィオーレ様には敵《かな》わない。

いつだってまっすぐで、優しくて、そして強い人。私の自慢の主には幸せになってほしい。

私はフィオーレ様の素晴らしさを実感する度に、そう思えて仕方がない。私はこういうフィオーレ様だからこそ、大好きなのだ。

「はい。フィオーレ様。もし彼がそういう方だったらすぐに言いますね。でもおそらく大丈夫だと思いますよ。なぜか私に興味を持たれているようですが、この国にやってきたばかりの私が物珍しいだけかと思います。このあたりでは私の髪色、珍しいですし。それよりルベライトさんはフィオーレ様にも興味を持たれているので、そちらの方が心配です。フィオーレ様の可愛らしさを前にすればルベライトさんも惚《ほ》れてしまうかもしれませんし」

私はフィオーレ様にそう告げる。

ルベライトさんが私に興味を持っているのは一時的なものだと思う。あれだけ穏やかで綺麗な笑みを向けられていると……少し勘違いしてしまいそうになる。もしかしたら特別な存在に思われているのではないかと。

だけど冷静に考えてみると、私に興味を持っているのはきっと物珍しいからというだけなのだ。それ以外に私に興味を持つような要素はない。

それよりもフィオーレ様の可憐さに、惹かれてしまうのではないかとその方が心配だ。だってフィオーレ様は王妃だもの。懸想《けそう》されても困るものね。

私の言葉に、フィオーレ様は笑った。

「それとフィオーレ様、グランデフィールの慣習として使えるかもしれない情報を入手しましたので、お伝えします」

　私はルベライトさんの話などはもう不要だとばかりに、別の話へと切り替えることにする。

　フィオーレ様は私がルベライトさんに特に何も感じていないと知ってか、安堵《あんど》した様子を見せる。

　私にとってはどれだけ美しい人に話しかけられたとしても、一番大切なのはフィオーレ様なのにな。

　きっとそれは特別な誰かが仮に出来たとしても変わらないことだと思う。例えば誰かを特別に思っても、その人がフィオーレ様を大切にする私を否定するのならばその気持ちは消え失せるだろう。寧ろフィオーレ様を大切に思うのを許してくれない人を特別に思ってしまったのかと後悔するのが想像できる。

「使える慣習？」

「はい。国王陛下と仲を深めるために使えるのではないかと思うのです。夫婦の慣習なのですが――」

　私が語った言葉を、フィオーレ様は楽しそうに笑った。

「それは良い情報だわ。陛下の心を動かせるかどうかは分からないけれど、少なくとも私がこの国に馴染もうとしていることは伝わるのではないかと思うわ。教えてくれてありがとう。ヴェルデ」

　敬愛する主からお礼を言われた私も思わず笑った。

＊

「ごきげんよう。陛下。この度は陛下の貴重なお時間を私とのお茶会に使っていただき感謝いたします」

フィオーレ様が夫となった国王陛下と会えたのは結婚式からまたしばらくが経過してからだった。

驚くことに対面は三度目。

初対面の挨拶と、結婚式と、今回のみなんて驚きだわ。

結婚式後から、フィオーレ様は何度も何度も――陛下と交流を持ちたいとは伝えていた。そのことは私が一番知っている。

だからこそ、ようやくこうしてフィオーレ様が国王陛下と対面できたことは嬉しかった。

この場にいるのは、国王陛下、フィオーレ様、私と護衛の騎士や使用人だけだ。

場所は無機質で、飾り気のない王城内の一室。

そこには机や椅子《いす》などが並べられている。当然、そこに腰かけているのは国王陛下とフィオーレ様だけだ。

机の上には紅茶の注がれたティーカップやお菓子などが並べられている。

にこやかに微笑むフィオーレ様とは対照的に、国王陛下の表情は硬い。というより無表情だ。その様子からも二人の間の温度差が分かる。

あくまで陛下は、義務で此処にいるだけなのだろうな。

陛下をちらりと見る。

確かに侍女達が騒ぐだけあって、フィオーレ様の夫である陛下は見た目がとても綺麗だ。お二人が並ぶと絵になる。でもこの方はフィオーレ様の素晴らしさに気づいていないのよね。

そこまで考えて、ルベライトさんのことを思い起こした。

……ルベライトさんも綺麗だから、陛下と同じで異性から人気なのだろうな。国王陛下とは別の意味で、見た目が良いというか……。

というか、今はルベライトさんのことを考えている場合じゃないわね。

それよりもフィオーレ様と陛下のことだわ！

お二人はほぼ初対面という状態だから、分かり合えていないのは当然だ。

とはいえ、私にとってはフィオーレ様への思い入れが強いから、どうして陛下がフィオーレ様の素晴らしさに気づかないのかと少し苛立ちを感じてしまう。

「ああ」

陛下はフィオーレ様の言葉に頷くだけで、それ以上のことは口にしない。

もしかしたらフィオーレ様との交流など必要最低限で構わないと思っているのかもしれない。

そして愛らしい見た目のフィオーレ様への警戒心を解かないのは、それだけ女性が苦手だからだろう。

フィオーレ様がこんなに優しく話しかけているのにそんな態度なんて！　やっぱり私は国王陛下に対して良い感情は抱けないわ。ただそんな感情、表に出すわけにはいかないけれど。

というか、これだけ素晴らしいフィオーレ様を妻に迎えておいて何が不満なのよ！　私が直接問いただせる立場だったらすぐに問い詰めているわ。

「陛下に受け取ってほしいものがありますの」

フィオーレ様はあまり口を開かない国王陛下を前にしても、いつも通り穏やかな笑みを浮かべている。

元々フィオーレ様は相手にされないのは当然のことという認識なのだと思う。このくらいでは気にしないのかもしれないけれど、私が気になるわ。

微笑んだままのフィオーレ様は私に一言声をかける。その声を聞いて、私は一つのものを持ってきた。

それは刺繍《ししゅう》糸で作られたミサンガである。

それを見て陛下が一瞬驚いた顔をした。すぐに戻ったけれど。

それにしても中々表情を変えない方だと思ったけれど、陛下も驚いた顔をするのね。

「この国では妻が夫に手編みのミサンガをお渡しするのでしょう？　勉強不足ですぐにお渡し

できずに申し訳ありません。急いで作ったものなので、お気に召されないのだったらすぐに作り直しますわ」

フィオーレ様は少しだけ悲しそうな表情で告げる。それも敢《あ》えて作られているものというのは知っている。陛下が断ることがないように計算されているものなのだろう。

これは私が図書室で調べたグランデフィールの慣習だ。そういう細かい慣習に関しては、こうして実際に赴《おもむ》いてみないと分からないことも多いのだ。

「……受け取ろう」

「はい。身に着けるかどうかは陛下の自由ですが……、私としてみましては身に着けてもらえると嬉しいですわ」

フィオーレ様の計算されつくしている言動に気づかない者は多い。

基本的には周りは騙され、受け入れてしまうものだ。私はそういう者達の姿をよく見てきた。

けれど、国王陛下はそうではないらしい。

「フィオーレ・コラレーシア。何を考えているか知らないが、その演技は不要だ」

国王陛下の言葉に、その場の空気が固まる。私も驚いた。

私は陛下の言葉に苛立ちを感じてしまう。フィオーレ様はこの国で、これからも生きていくための処世術として笑みを浮かべているのだ。そもそもこんな態度が悪い夫相手ににこやかに微笑むフィオーレ様は優しすぎると私は思う。……本当に国王陛下は何なのかしら！

そう思うけれど私は表情一つ変えず、何も行動はしない。それは――フィオーレ様のことを信頼しているから。

その場に控えていた国王陛下の側近の一人は、国王陛下のあまりにもなもの言いに何か言おうとしている。もしかしたらフィオーレ様に同情でもしているのかもしれない。

だけど、そんなものはフィオーレ様には不要だ。側近の言葉は、フィオーレ様の言葉に遮られる。

「まぁ、陛下は私の仮面をお外しになりたいのですね？　それにしても演技とは酷いですわね。いついかなる時でも、人は仮面をかぶるものですもの。それで陛下、簡潔にお伝えしますが、私は陛下と友好的な関係を築きたいと思っておりますわ」

フィオーレ様は顔色一つ変えない。ただ笑みを浮かべたまま、そう声をかける。

ただその笑みに関しては、先ほどまでの作ったものとは違う。その瞳は笑っていない。

側近の男性はそれを見て目を見開いている。その様子がおかしくて笑いそうになったけれど、私は侍女として此処にいるので表情を変えないように心がける。

それにしても国王陛下はそんなフィオーレ様の様子を見ても驚いてないみたい。

「俺がそれを叶《かな》える必要性はないだろう」

「まぁまぁ、そんなつれないことは言わないでくださいませ。この結婚は政略的なものですから、今、互いに友好的な関係がないのは当然のことですわ。ですから、利害関係を一致させま

しょう。お仕事を任せていただければ、私の持てる力を全て使って陛下のお役に立ってみせるとお約束しましょう」

フィオーレ様の緋色の瞳が、じっと国王陛下を見ている。

そこには一切の躊躇も、怯《おび》えもない。フィオーレ様はそういうものを見せたら、交渉が上手くいかなくなると思っているのかもしれない。

フィオーレ様、かっこいい！　こういうフィオーレ様を見ると、興奮するわ。私のフィオーレ様は可愛いだけではなく、かっこよさも持ち合わせているの。

「……お前に何が出来るというんだ？」

突然、その場が殺気に包まれる。私も戦闘を学んでいるからこそ、国王陛下が強いことは分かる。ひしひしと感じるそれは、普通の高貴な女性ならば、まずもって耐えられないものだ。倒れても仕方がない。

だけど、フィオーレ様は普通ではない。

「そうですね。私は陛下を満足させる結果を渡せると自負しておりますが、それを実際に見せないことには信用してもらえないことは分かっております。まずは私になんでもいいので仕事を与えてください。私がどれだけお役に立てるか証明しますので」

守られて、愛されて——こういう状況に一度も陥ったことのないお姫様ならば、失神してもおかしくない状況でフィオーレ様は愛らしい笑みを浮かべる。

どこか余裕さえも窺《うかが》える笑みは、国王陛下や周りからすると逆に不気味に思えるのかもしれない。

「それで仮に陛下の期待に添えなければその程度だったと失望していただいて構いません」

「……それで？　仮にお前が役に立ったとして、何か不当なことでも望む気か？」

「ふふっ、そうですわねぇ。私が望むことは幾つかありますわ。一つは私を王妃として認め、子供を作ること。もう一つは恋愛感情がないにしても共同者として尊重してくださること。あともう一つは……今は秘密ですの。私自身も陛下と共に長い人生を歩むことが出来ると確信してからでないとお伝えできませんもの。とはいっても安心してくださいませ。このグランデフィールを立派に統治なさっている陛下にとっては簡単に叶えられることですわ」

フィオーレ様は美しく微笑んでいる。

国王陛下から、〝フィオーレ・コラレーシア〟と旧姓で呼ばれようとも、殺気を向けられようとも——ただ笑みを絶やさないフィオーレ様は流石である。

それは陛下にとっても想定外の態度だったようだ。ふふん、私のフィオーレ様は本当に凄《すご》いのだから！　とそんな気持ちでいっぱいになる。

コラレーシアにいた頃のフィオーレ様は、冷血姫と呼ばれ、血も涙もない我儘《わがまま》でどうしようもないお姫様とされていた。

グランデフィールに嫁いだ後は愛らしい笑みを浮かべ、その年頃の少女らしい可憐さと弱さなどを持ち合わせたお姫様だと思われていただろう。

だけど、今、目の前にいるフィオーレ様はそのどちらとも異なる。

「俺と親しくした令嬢などが、不幸な目に遭っている件に関しては？」

「それに関しても覚悟の上です。私はこの国に嫁ぐにあたって危険な目に遭うことも受け入れた上で此処におりますわ。それに陛下が守ってくださいますでしょう？　正式に王妃として嫁いだ私に何かあることは陛下もお望みではないでしょう？」

試すような言い方で、フィオーレ様は告げる。

この交渉は陛下側が上に見えて、そうではないと私は思った。

力関係でいえば圧倒的に陛下が上だろうけれど、フィオーレ様はきちんと対等な交渉の場に立っている。フィオーレ様は引く気もなく、ただ堂々としている。

実際にフィオーレ様のおっしゃる通り、ただでさえ陛下に近づいた女性が不運な目に遭い続けているのだ。

だからこそ小国の姫で、悪評もあるフィオーレ様を娶《めと》らなければならなかった。

ここで陛下がフィオーレ様を守ることが出来なければ、さらに国王陛下の結婚は難易度が上がるだろう。

そのことをフィオーレ様は理解しているからこそ、余計に強気なのだろう。

そういう堂々としているところも本当に素敵だわ。こういうフィオーレ様の良さを知れば誰でも惹かれてしまうものだと思うのよね。現に、国王陛下もフィオーレ様の話をきちんと聞いていらっしゃるもの。聞く価値がないと思ったのならば、聞かないはずだから。

「それはその通りだが、お前は我が国が思っていたよりもずっと良い性格をしているな。それが素であるというならばこの国でも王妃としてはやっていけるだろう。だが、俺は認めたわけではない。役に立つかどうかの確認はするが、今のところはお前とは離婚する可能性の方が高いだろう」

「あら、わざわざ先に忠告してくださり、感謝いたしますわ。陛下はお優しい方ですわね？　たとえ離縁されることになったとしても国元に帰るのではなく、この国にこのまま住みたいと思っているのですけれど、そのあたりは交渉可能でしょうか？」

当たり前のようにそう問いかけるフィオーレ様に陛下は「それはその時に考えるから、結果を出してから言ってみろ」と答えるのだった。

それを聞いたフィオーレ様は安心したように微笑んだ。

「それならば良かったですわ。折角こうして縁が出来たのですから、互いにとって良き結婚生活になれるように私は力を尽くさせていただきますわね？　仮に離婚することになったとしても、有能さを認めていただけるようならそのまま使ってくださって構わないのでよろしくお願いしますわ」

フィオーレ様は陛下に何を言われたとしても、きっとこういう風に交渉するつもりだったのだろう。

「分かった」

「頷いてくださり嬉しいですわ。さて、交渉はこのくらいで終わるとしてもう少しお時間はありますでしょうか？」

また雰囲気をがらりと変えて、フィオーレ様は問いかける。

「なんだ？」

「仲を深めるためには、少しずつでも互いを知っていくことが大事だと思うのです。ですから、私に陛下のことを教えてくださらないでしょうか？　もちろん、私も陛下が気になることは答えられる範囲でお伝えいたしますわ」

フィオーレ様がそう言って微笑めば、すっかりその場はフィオーレ様のペースである。

それから穏やかに微笑むフィオーレ様は、陛下に質問を繰り出すのであった。

流石、フィオーレ様だわ！　大国の国王陛下相手でも全く引かない様子に本当に惚れ惚れする。これでこそ私の敬愛するお姿！　これから仕事を任されたらフィオーレ様の素晴らしさがこの国で広まっていくはずだわ。きっかけさえ掴めればフィオーレ様は上手くやるはずだもの。

私はそう考えて興奮していた。

だってこれからフィオーレ様がこの国でご活躍されるのだもの！

私はお二人が話している間、ずっとそんなことばかり考えていた。

結果としてフィオーレ様の望む結果が得られることとなったのだ。

「ひとまず交渉が上手くいって良かったわ。陛下は厳しい言い方はされていたけれど、本当に私たちを力ずくでどうにかする気もなさそうだし」

国王陛下との会話を終えて部屋へと戻ったフィオーレ様は満足気に微笑んでいる。

その様子は愛らしく、向けられている私もつられて笑顔になる。

「そうですね。陛下が話の通じる方で良かったです。もし陛下がフィオーレ様を排除しようとするなら、私は全力で庇い、貴方を逃がそうとしたでしょうが」

「そんなことにはならないから大丈夫よ。陛下は噂よりもずっとまともな方だわ。それは城内で情報を集めていれば分かったことでしょう？」

「はい。それはその通りかと。冷酷だというのは、言いすぎなのですよね。王家で生まれたのならば、陛下のような冷酷さを持ち合わせているのは当然のことですから」

私からしてみると、フィオーレ様の噂も国王陛下の噂も誇張されているものだと思う。

少なくともフィオーレ様に関しては捏造《ねつぞう》された噂が大多数を占める。国王陛下のことはまだ分からないけれど、フィオーレ様の意見をまっすぐに受け止める姿を見るに気に食わないからといって処罰するような存在とは違う。

噂とは本当にあてにならないものだわ。

きっとこれからフィオーレ様の素晴らしさを周りが理解すれば、フィオーレ様への賛美の言葉ばかりが噂として流れることになるはずだわ。私と同じようにフィオーレ様の素晴らしさに気づく人が増加していけばいいと思ってならない。

「どのようなお仕事を任せてもらえるかとても楽しみだわ。やったことのないことだと、時間がかかってしまうかもしれないけれど一生懸命行うわ。陛下は私の猫かぶりにもすぐ気づかれたから不愉快に思われるかもしれないわね。そのあたりは慣れてもらえたらいいけれど……」

「陛下はなんというか、そういう点はフィオーレ様と正反対のようですね。表情が顔に出やすいというか……。基本的には無表情気味の冷たい印象を与える方なのと大国の王という立場なので問題はありませんけれど。というか……、陛下はフィオーレ様と相性が良さそうに私には見えました」

フィオーレ様の身の回りの世話をしながら、私はそう口にする。

つい何とも言えない表情を浮かべてしまったのは、フィオーレ様と国王陛下の相性が良いことは嬉しいが、それと同時に複雑な気持ちになったからだ。

なんというか……フィオーレ様が国王陛下に取られてしまうようなそんな子供っぽい感情を抱いてしまった。

もちろん、フィオーレ様が幸せになるのはいいことなのよ。笑っていてほしいと思うもの。

でもそちらばかり優先されると寂しいと思ってしまうの。侍女としてそういう感情を抱いているのは駄目かもしれないけれど、それが本心だった。

「私もそう思うわね。私と陛下は正反対な部分が大きいわ。だからこそ親しくなれたら良い関係を築けると思うわ。次回の交流も取り付けたから、その時はもっと私に興味を抱いていただかないとね？」

「フィオーレ様は陛下のことを気に入りましたか？」

「そうね。恋愛感情はないけれど、悪くはないわ。こうして陛下とゆっくり話すことが出来て、少なからず陛下のことを知ることが出来たわ。私の意見にきちんと耳を傾けてくださったわ。それに人を見る目はありそうだもの」

くすくすと笑ってそう告げるフィオーレ様は、なんだかんだ陛下のことを気に入ったのだと分かる。そのままフィオーレ様は続ける。

「この国自体はコラレーシアのことも、私のことも取るに足らない存在だと思っているわ。それでも私の意見を聞いてくれるというのならばどうにでも出来るわ」

フィオーレ様の口にしていることは、紛れもない事実である。

グランデフィールは大国であるから、コラレーシアのこともフィオーレ様のことも言ってしまえば同じぐらいどうでもいいというか、どうにでも出来る存在なのだ。だからこそそもそもの話、国王陛下はフィオーレ様の要望を受け入れる必要は全くない。

それでも陛下はフィオーレ様の意見を聞いてくれようとしている。

元々比較的自由にさせてもらっているから、交渉は出来るのではないかとフィオーレ様は思っていたようだ。だけど交渉をしてみないと本当に応じてもらえるかは分からなかった。

だからフィオーレ様は、陛下が話を聞いてくれたことに本当にほっとしているのだと思う。

「フィオーレ様、あまり無理はなさらないでくださいね。何かやる時は必ず私にお伝えください」

「もちろんよ。ヴェルデ、私は嬉しいのよ。ここで結果を出し続ければもしかしたら私達にとって最善の未来へと歩み出せるのかもしれないのよ」

窓の外を見上げ、フィオーレ様は期待するようにその目を輝かせている。私もなんだかこれから色々と上手くいくような予感がしていた。

＊

――コラレーシアから嫁いできた王妃が仕事を任せられるようになったらしい。

――形だけの王妃という立場なのにもかかわらず陛下に意見をしたようだ。

――跡継ぎを産むという一番の仕事を行っていないのに生意気である。

私はそんな噂を聞くたびに、怒りと呆れの気持ちでいっぱいになる。

だってこういう噂を流している人達は、フィオーレ様のことをよく知らないのだ。フィオーレ様は一言でも言葉を交わせば、魅了されてしまうような魅力的な存在なのに！ただこうやって注目を浴び、噂を流されているのはフィオーレ様が公務を行い始めたからである。フィオーレ様が王妃として公務を行うことをそれだけ望ましく思っていない人間が多いのだろう。

フィオーレ様が任された仕事を成功させるかどうかが分からない状況でこれだもの……。フィオーレ様が成功した暁《あかつき》には噂はきっともっとひどくなるわ。その際にフィオーレ様に危険がないようにしなければ。

私はそればかりを考えてしまう。

自由に城内を歩き回ることも出来ないフィオーレ様の代わりに私は様々な場所へと顔を出し、情報を集めていく。

陛下から任された仕事をフィオーレ様が行っている間、フィオーレ様の周りには護衛の騎士や文官などの姿が多く見られる。

そういう状況だからこそ、私は情報収集に勤《いそ》しんでいた。

フィオーレ様に王妃としての仕事を任せるということは他でもない陛下が許可したことなのだ。それに異論を唱える人がこれだけいるなんて。この国も一筋縄ではいかないのだと実感する。

それにしても私の体がもう一つあればいいのに。

そうしたらフィオーレ様の傍《そば》でお守りする私と、情報収集をする私で分けられたのに。ただ流石に分身を作るなんて魔法は使えないのよね。そんなものは聞いたことがないし。

こうやってフィオーレ様の傍を離れている間は、いつも落ち着かない。

この国の騎士達が傍にいても、もし大切なフィオーレ様に何かがあったら？　私はその時、騎士達のことを許せないだろう。それで私が傍にいたら守れたはずなのにと悔やむだろう。

「──そういえばデルニーナ様の謹慎がとけたのですって」

城内を歩き回りながら、周りの人々の話す会話を聞く。その最中に聞こえてきた言葉に一旦立ち止まった。

そのデルニーナという名前は、グランデフィールと陛下を調べている中ですぐに上がってきた名前である。

「それは良かったわ。デルニーナ様の思いを陛下が受け入れてくだされぱいいのだけど」

「全く陛下にも困ったものだわ。デルニーナ様という素晴らしい方がいるというのに、あんな小国の姫の毒牙にかかるなんて」

デルニーナ・カフィーシア。

それはグランデフィールの中でも有数の権力を持つカフィーシア公爵家の愛娘《まなむすめ》の名であり、公爵家から推薦させた侍女が城内には多くいると聞いている。

確か陛下に懸想しているのよね。

彼女が一番有名なのは、その一点である。縁談の邪魔を公にしたこともあるらしい。それでも謹慎だけで済んだのはそれだけ力のある公爵家の出だからだ。

丁度、この場には公爵家から推薦された侍女達だけなのかしら。

揉《も》め事《ごと》を起こして謹慎しているため、デルニーナ・カフィーシアの名は城内で口にするのは憚《はばか》られる名だ。

だから私も城内でその名前について語る人を見たのは初めてである。

陛下の女嫌いを加速させているのがデルニーナ・カフィーシア公爵令嬢と聞いている。そして陛下は彼女の気持ちなど望んでいないとも。

だけれどもこの場にいる侍女達は、国王陛下の気持ちなど関係なしにカフィーシア公爵家を信奉し、公爵令嬢が国王陛下に嫁ぐのが当然だと思っているみたい。

そんなことを考えながら話を聞いていると、彼女達は仕事があるからとそのまま話を切り上げてしまった。そのことは残念だった。もっと話を聞きたかったのに！

その後、私は他の侍女に公爵令嬢のことを問いかけたりしたが、情報は集まらなかった。たまたま先ほどの侍女達が公爵令嬢のことを話していたのが珍しいことだったのだろうというのを実感した。

ふと、私はルベライトさんなら知っていたりするだろうかと考えた。

時折城内で遭遇するルベライトさんは、この城に詳しいように見えた。

何をしているか、正体などはさっぱり分からない。けれど、聞いてみる価値はあるのかもしれない。

デルニーナ・カフィーシア公爵令嬢の情報は、陛下を愛していること、問題を起こして謹慎したこと、それに対して反省したのか城に顔を出すことがなくなったことしか分からないわ。

確か問題を起こす前は、此処にもたびたび顔を出していたのよね？

それもあるからこの城内には公爵令嬢の味方も多い。

私はルベライトさんを探してみることにした。

「灰色の髪の男性ですか……？　存じ上げないですね」

「そのような方が城内に勤めているのですか？」

だけどいざ、ルベライトさんを探してみても全くその姿は見当たらない。それどころかルベライトさんのことを知らない人達ばかりである。

あれだけ目立って、存在感がある人を知らないなんてことある？

私自身もルベライトさんが働いている姿は見たことがない。けれど、見た目も雰囲気もあれだけ目立つ人がどうして知られてないの？　名前に関しては私がつけたものだけど……でも見た目を言えばすぐに見つかると思ったのに。

そこまで考えて私ははっとする。

まさか、幽霊とか？　実在していなくて私だけが見えるとかだったら……そう思うと顔が青ざめてしまった。だって幽霊相手だったら勝てるか分からないもの。ルベライトさんがフィオーレ様に何かする気なら私が盾にならなければいけないわ。

いいえ、でも幽霊であるかどうかはまだ分からないわ。もっとルベライトさんについて聞き込みをしたら分かるかも。

頭をぶんぶんと左右に振って、私は公爵令嬢の情報を集めつつ、ルベライトさんのことを探してみることにする。

もっと聞き込めばきっと見つかるだろうと思った。

けれど、上手くいかない。

どれだけ時間をかけても公爵令嬢の情報も、ルベライトさんについても分からない。特に成果を得られないことに歯がゆい気持ちになりながら歩いていると、外通路部分へとつながった。

今は春先、心地よい風がその場に吹いている。

「良い風……」

私は風魔法の適性があるというのもあり、風というものはいつだって身近なものだった。

こうして何も考えずにのんびりと過ごしながら、風を感じる瞬間が私は好きだ。

コラレーシアにいた頃は、周りに人がほとんどいないのを良いことに魔法で宙に浮いて遊んだりもしていた。

フィオーレ様が国王陛下と親しくなった後、私の魔法も隠さずに済むのならば――、人目も気にせずに魔法を使えるような生活がもしかしたら来るかな。それでも……私自身のことはそうはいかないだろうけれど。

ぼーっとしながら、私は昔のことを思い起こす。

両親がいて、友人がいた。楽しく過ごしていた頃の幼少期。

何も考えることなく、楽しく過ごしていた。魔法だって際限なく使っていた。私が幼い頃過ごしていた場所では魔法というものが本当に身近だった。

お母さんもお父さんも、魔法が得意だった。

そうやって懐かしい記憶を思い起こしていると、突然声をかけられる。

「こんなところで何をしているんだ？」

いきなり聞こえてきた言葉に、私は驚き、びくっとする。

「……ルベライトさんは、いつも突然現れますね？」

私はそう口にしながら、また気づけなかったとそれが不満で仕方がない。

気配察知能力が低いわけではない。王族に仕える侍女として、私にはフィオーレ様の護衛としての一面がある。

だけど毎回、ルベライトさんの気配に気づけない。

まじまじと私はルベライトさんのことを見る。相変わらず、飄々としていてよく分からない。

余裕に満ちた表情が少しだけ気に食わない。

「君はいつも驚いているな」

「貴方が突然現れるからでしょう？　それにしても、突然現れるなんて……」

「なんだ、私を探していたのか？」

「探しては悪いですか？」

「いや、悪いとは言ってない。逆に可愛いなと」

「……何をふざけているんですか？」

私はルベライトさんの言葉を聞いて、睨《にら》むように視線を向ける。

「ふざけているわけではない。私は本心でないと言わない。一生懸命探していたのかと想像してな」

「……そうですか」

「照れているのか？」

「わざわざそれを聞くのはデリカシーがないです」

「そういうな。それでなんで私を探していたんだ？」

私は何とも言えない表情を浮かべてしまう。明らかにルベライトさんに対して嫌そうな態度をしてしまったが、それでも彼は笑っている。

私がどういう行動をしても、どうにでも出来ると思っているのだろう。

「デルニーナ・カフィーシアという公爵令嬢について聞きたいです」

私がそう言うと、予想外に不思議そうな顔をされる。

「デルニーナ・カフィーシア？　誰だ？」

「有名な方のはずですが、ルベライトさんはご存じないのですね……」

私はルベライトさんの言葉に驚いた。

どうして有名な公爵令嬢を知らないのだろうか、と訝《いぶか》しんでしまう。

「待て。特徴を言ってもらえれば分かるかもしれない」

「ああ、名前は憶えていないとかそういうパターンですか。国王陛下に懸想して、謹慎していたという公爵令嬢のことです」

「ああ。なるほど」

ルベライトさんは名前を聞いても分からなかったようだけど、国王陛下に懸想しているということを告げれば合点《がてん》がいったらしい。ルベライトさんにとって、公爵令嬢の名前は覚える価値がないとでもいう風だ。当の本人の前で名前を知らないなんてことになれば大惨事になるだろうに……。

私はルベライトさんに呆れた目を向けてしまう。

「国王が何を思っているか関係なしに突撃しているというのは聞いている」

「最近は大人しくしていると聞いていますが、今もですか？」

「ああ。確かに最近は姿を見かけないな。国王はそれのことを随分嫌がっているようだが」

「国王陛下の女嫌いの原因はその方が一番ですか？」

「そのはずだが、私は詳しくは知らない」

「……そうですか」

私はルベライトさんの言葉にがっかりしてしまう。

城内のことに詳しそうなルベライトさんなら知っているかと思っていたのに。そこまで考えて、数度しか会ってないのにルベライトさんなら――と期待してしまっていた自分に驚いた。

「どうしてその情報を知りたいんだ？」

「フィオーレ様のためです。フィオーレ様の将来のためには、国王陛下との仲を深めることが第一ですから」

「国王の気を引かなくてもどうにでもなると思うが」

簡単に言ってのけるルベライトさんを私はぎろりっと睨みつける。

「そんな風に簡単に言わないでください！」

軽く言われてしまったけれど、私からしてみるとそんな簡単なことではない。

ルベライトさんはきっとフィオーレ様や私のような状況には陥ったことがないのだろう。苦労なんてしたことないように見える。だから簡単に、国王陛下の気を引かなくてもどうにでもなるなんて言ってのける。……それに、苛立つ。

私は基本的に冷静であるようにと心がけている。だけどルベライトさんには、調子を狂わされてしまう。

私は自分の心を落ち着かせるために深呼吸をして、その顔に笑みを張り付ける。それから少し厳しい言い方をしてしまったと反省する。

「強めの言い方をしてしまってすみません」

「いや、気にしなくていい。君にも色々と思うことがあるのだろう」

楽しそうにルベライトさんは笑っている。

私が突然声をあげたことに関しても、気にした様子を見せない。私がどれだけ心を乱されていても、ルベライトさんは心を乱さない。

なんだか私だけがこうだなんて、悔しい気持ちになる。

「それにしてもヴェルデはよっぽど王妃を好いているのだな」

「フィオーレ様は素晴らしい方ですから。この国の皆さんはまだフィオーレ様のことを理解してくださっていないのです。でもフィオーレ様のことを知ったら、皆さん、心惹かれるはずなのです」

私にとってはフィオーレ様は太陽のような方だ。いつだって私はフィオーレ様に対する熱い思いを抱えているけれど、それを誰かに伝える機会は中々ない。

だから、こうしてフィオーレ様の素晴らしさをルベライトさんに語れることは嬉しい。ルベライトさんはフィオーレ様に対して悪感情がないから、余計に話しやすい。

「王妃のことは見た目と血筋が良いだけだと言っている者が多かったが」

「それは違いますね。フィオーレ様は見た目と血筋も良い、なのです。フィオーレ様の良い所は幾らでも私は言えます。ですからフィオーレ様の良い所を知ってもらえれば国王陛下の気も引けると思っています」

「人の好みは異なるぞ？」

「それは分かっています。それが恋愛なのか友愛なのかはともかくとして何かしらの感情で気を引くことは出来るはずです」

それは私の紛れもない本音だった。国王陛下がどういう存在だったとしてもフィオーレ様に国王陛下は惹かれるだろうとそう信じている。

だってフィオーレ様は他にかえがたいほどに素晴らしい方なのだから。

「例えば、どういった点が素晴らしいんだ？」

「……それを知ってどうするつもりですか？　私はフィオーレ様の素晴らしさを誰かに語りたいとは思います。けれど、ルベライトさんがフィオーレ様に害為す存在かどうかは分かりませんから」

私は今すぐにでもさらにフィオーレ様の素晴らしさを伝えたい気持ちでいっぱいだったけれど、それを抑えてそう告げる。

偽りなく本音を告げたのはルベライトさんには嘘《うそ》が通じないような、全てを見透かされているような感覚があったから。

「私が王妃を？　少なくとも王妃を害するつもりは全くないが」

「……人の感情というのは、いつ変わるか分からないものです。親しくしていた者が敵に回ることも、その逆もありますから」

私は今の、ルベライトさんの言葉が嘘だとは思っていない。

私の直感は問題ないと告げているけれど、ルベライトさんの感情がこれから変わらないままだとは限らない。

「君は用心深いな。それは良いことだ。確かに私の目から見ても、そういう風にすぐに言動を変える相手はいる」

「……ルベライトさんって怒らないですよね。私は貴方に失礼なことを言っている自覚があります。こういう時は怒っていいのですよ？」

「私は君の言葉に不快な気持ちにはなっていない。だから、怒る必要など全くない」

「そうですか。ルベライトさんと話していると、何かあった時にされるがままになってしまわないかと心配になります」

私は用心深いと言われるかもしれないけれど、そうやって心配してしまう。

だから、私は自分自身に今、驚いている。

だって正体がわからない男性に対して、心配する言葉を自然と紡《つむ》いでしまうなんて私らしくないもの。

——それだけでも私自身がルベライトさんに心を許してしまっている証《あかし》だと分かる。

陛下に顧みられていないとはいえ、大国であるグランデフィールの王妃の侍女。

その立場である私には様々な思惑を持つ存在が近づいてくる。下手《へた》に口を滑らせれば予想外の事態を引き起こす可能性があることを知っている。

それでも心を許しそうになってしまっている。……本当にルベライトさんは不思議な人だ。

話しやすくて、すぐに警戒心が消失していく。もっと気を引き締めないと……。

いつの間にか傍に現れ、その立場が分からず、それでいて私が失礼な言葉を口にしても、不愉快な様子を一つも見せない。

「くははっ。君は本当に心から私を心配しているのだな？」

そして、心配されているというただ一点のみでこれだけ楽しそうに笑っている。

「貴方のような人が目の前にいれば心配するのは人として当然でしょう。寧ろこれまで貴方を心配する方はいなかったのですか？　私はより一層貴方の置かれている環境がどういうものなのか不思議です」

私は当たり前のことを話しているつもりなのだ。

少なくともルベライトさんのように世間知らずな人間が、周りを警戒もせずにふらふらしているだけでも心配しない方がおかしいと思う。寧ろどうしてルベライトさんのような者が心配されないのだろうか。その環境が分からなくて、不思議だ。

「はははは っ。不思議か、そうか」

私は心から心配しているのに、ルベライトさんはより一層大声をあげて笑い始めた。

それこそ腹を抱えて笑っている。私は、人が心配しているのに……と少し不満そうな顔になってしまう。

「そこまで笑う必要はないでしょう？　人が心配しているのに笑うなんて失礼ですよ？」

「すまない。面白くてな。私は君に心配されるほど柔《やわ》ではないから心配は不要だ。何かあったとしても私自身でどうにかするからな」

「……あのですね？　貴方が柔でないとか、問題が起きた時に自分で解決が出来るとかは正直関係ないんですよ？　そうだったとしても喋《しゃべ》っている相手に何かあるかもしれないと考えると心配するのは当然のことでしょう？」

私は何とも言えない表情でルベライトさんを見てしまう。

相手がどういう存在であっても、ルベライトさんほど危うい状況だとすれば心配するのは当然なのに。こんな風に少し心配されるだけで喜ぶなんて。こんなことに慣れていないなんて。

ルベライトさんはもしかしてこの国で微妙な立場なのだろうか？　周りから注目を浴びないような……。それともまさか、本当に幽霊なんてことは……？

それか実は周りはルベライトさんのことを知っていても、簡単に口に出来ない立場だとか？

私はつらつらとルベライトさんのことを思考し、口を開く。

「ルベライトさん、貴方、幽霊とかではないですよね？」

まじまじとルベライトさんを見て、私は問いかける。

「くはははは。今度は何を言い出すんだ？」

そしたらまた爆笑されてしまった。

この人は本当に笑いすぎではないか？

「貴方のことを探すために城内の色んな方にお聞きしました。でもルベライトさんのことを皆、知らないと口にしていました。貴方のように綺麗で目立つ方が誰にも知られていないなんて不思議だと思ったのです。だから、もしかしたら実在していないのではないか……と」

「ヴェルデ」

私の言葉を聞いて、一旦笑うのをやめたルベライトさんは私の名を呼んで、手を取る。

突然、そんなことをされて、一気に顔に熱を持つ。

「な、なんですか、急に」

「ほら、接触してみれば私が生きていることが分かるだろう。私に自由に触ることを許可する」

「……本当に貴方は危なっかしいです。では失礼します」

許可されたからといって不用心に触るべきではないと知っている。だけど——好奇心から、ぺたぺたと触ってしまった。

このように人に身を任せて、触れる許可を与えるのはとても危険なことだ。何をされるか分からない状況を作っているのに、ルベライトさんは余裕を見せている。

——それに、全くといっていいほど隙がない。

温かい体温を、私は感じる。確かにルベライトさんが生きている感覚を実感すると、ほっとした気持ちになる。

「確かに、貴方は生きていますね。実在していることにはほっとします。ただそれでも貴方のことを誰も知らない状況というのは不思議です」

「何も不思議なことはない。ただ私が人前にあまり出ていないだけだ」

「そうなのですか?」

「そうだ。だから私のことを城内の者がぴんと来ていなくても仕方がない」

「……貴方、私の前には結構姿を現してますよね?」

私は何を言っているんだとでもいう風にルベライトさんを見てしまう。

人前にあまり出ないなんて言っているけれど、私の前には度々姿を現している。

私がグランデフィールにやってきて、そんなに期間は経過していないのだもの。その間に複数回遭遇しているもの。だというのに、人前に出ないなんて結びつかない。

「私がヴェルデに興味を持っているからな」

「……貴方に興味を持たれるようなことは全くしているつもりはありませんが」

「十分に君は興味深い。だからこれからも姿を現そう」

「……そうですか。貴方に会いたい時には、どうすればいいですか？」

「ああ。それなら今度良いものを渡そう」

「今度ですか？」

「ああ。君が魔力を垂れ流せばすぐに気づくが、周りに魔法を使えることはあまり知られたくないのだろう？」

　全てを見透かしたように、ルベライトさんはそう言って笑う。

「……そうですね。なら、今度でいいです」

　この人はどこまで、何を知っているのだろう。私が魔法を使えることは知っているみたいだけど……流石に私自身のことを全て知っているわけではないと思いたい。

　だってそこまで勝手に知られているなんて、普通ありえないもの。幾ら普通とは違う雰囲気を持ち合わせていても、そんなことはありえないはず……！

「ルベライトさん、私はそろそろフィオーレ様の元へと戻ります。では、また」

「ああ。また会おう」

　私はそのままその場を後にする。後ろを振り向くと、もう既にルベライトさんの姿はなかった。

本当に……不思議な人だ。

＊

「陛下、あのコラレーシアから嫁いできた姫に権限を与えるのはいかがかと。あのような小国の姫には我が国の王子を産むという役割だけ与えれば十分です」

「そうですよ。陛下。幾ら見た目が良かったとしても彼女は『冷血姫』と呼ばれているのですよ？　まさか陛下はあの王妃に誑《たぶら》かされているのですか？」

俺、ルードヴィグは周りから聞かされる言葉にうんざりした気持ちでいっぱいである。

グランデフィールの国王である俺の周りには、様々な欲望を持つ者達がいる。

彼らの中には当然、コラレーシアの評判の悪い姫――フィオーレ・コラレーシアに権力を持たせたくないと考えている者も多い。

……まったく俺が妃を持たなければ跡継ぎがどうのこうので文句を言い、いざ、娶ったらその相手が権力を持つのを嫌がる。本当に身勝手すぎて反吐《へど》が出る。

王子を産むだけの栄誉を与えれば十分だと、そう口々に告げる。

実際に一般的に考えれば、コラレーシアであれだけ悪評にまみれていた姫君が大国であるグランデフィールの王妃となり、王子を産む栄誉を与えられるだけでも満足する女性は多いだろう。

だけど……、俺はフィオーレ・コラレーシアの姿を思い浮かべる。

彼女がその立場のみで満足するような少女であるなら、問題なかっただろう。周りが望むように大人しくしていただろう。

けれど――そんなお飾りの王妃という立場で満足をするような少女ではない。

噂とは異なることは、監視をしていた者達の証言から把握していた。王妃は与えられるだけの存在には見えないと少し調べればわかるだろうに……。見た目や悪評から侮《あなど》っているのだろうか。

フィオーレ・コラレーシアは見た目は整っている。それでいてただ愛らしいだけではないことは会話を交わせばすぐに分かった。

ただ見た目が良いだけの少女ならば、あんな風に俺に向かって意見など出来ない。

見た目だけでいうのならばか弱く見える。庇護《ひご》欲を誘うような、弱者に見える。だけど決してそうではないだろう。

しかしその見た目から、王妃を侮る者が多いことは十分に理解が出来た。

そして俺にこれ見よがしに意見をしてくる彼らは、その筆頭である。

彼らは王妃の意見など尊重せず、小国から嫁いできた王妃がどうなってもどうでもいいと思っている。

ただ今の跡継ぎがいない状況は望ましくないと思っているからこそ、王子だけを産み落とせばいいと思っているのだ。

——俺は王妃に好意を抱いているわけではない。だが、人を使い捨てにするような考え方は気に食わない。

「俺が誑かされるとでも思っているのか？」

そもそもその発言は、俺を侮辱するものだ。

王妃を貶《おとし》めるためだけに、そんなつもりではなく口にしたのだろうが……それでも俺が十歳も年下の少女に誑かされると思われていることも苛立つ。

冷たい視線を向けられた彼らは慌てふためいた。

「まさか、そんなつもりはございません！」

「申し訳ございません。陛下。私共は陛下のことをただ心配していただけなのです！」

頭を地に付けるかのような勢いでひれ伏す彼らを俺は冷たい瞳で見てしまう。本当に馬鹿《ばか》らしい。

余計なことをせずに大人しくしていればいいものを。

「謝罪は受け付けよう。しかし次はない」

俺の言葉にこくこくと頷く。

「では、下がれ」

そのまま下がるように言われた彼らは、慌てたようにその場から去って行った。

「ルードヴィグ様、実際問題どうなのですか？　王妃様との会話は面白いものだったのでしょう？」

そう問いかけるのは、グランデフィールで文官を務めるヨーランドである。眼鏡《めがね》をかけた茶髪の男性で、俺の側近を務めている。

「そうだな。変わっている。見た目とは裏腹に物怖《ものお》じしない性格をしている」

「そうなのですね。ルードヴィグ様に対して真正面から交渉をしようとしたというだけでも王妃として素質は十分にありそうに思えます」

「……役に立つかどうか次第だな」

「そうはいってもルードヴィグ様は王妃様を悪いようにするつもりはないでしょう？　別に絆《ほだ》されてもいいのではないかと私は思いますが」

にっこりと笑ってヨーランドはそう告げる。

グランデフィール内では、王妃のことを認めていない者が多い。けれど、ヨーランドは受け入れているようだ。

それには少し、複雑な気持ちになる。

確かに王妃は他の女性とは異なる面はある。だが、そこまで受け入れる要素があるのだろうかと何とも言えない気持ちだ。

「それは今後次第だ。俺自身が決めることだ」

「それはそうですね。それと一点、ご報告があります」

「報告？」

「はい。先日、お話しした北の盗賊団についてです」

最近、盗賊団が国内を騒がせていた。それに対する対応を俺はヨーランドに指示していたわけである。

「盗賊の首領がエクラ族の宝石を持っていました」

「……宝石だけか？　本人は？」

「殺して身体《からだ》からはぎ取ったのかと思います。本当に惨《むご》い話です」

ヨーランドが口にしたのは、とある有名な一族に関する話である。

エクラ族と呼ばれる、今はもう全滅してしまったと言われている一族がこの大陸にはいた。

その一族は身体の一部に宝石を持つ。大陸に伝わる彼らに対する噂も相まってその宝石目当てに争いが起こることもあるぐらいだった。

俺も実際のエクラ族を見たことはない。ただその悲惨な歴史は知れば知るほど、気分が悪くなる。

「そうか……」

「エクラ族の宝石を手にしているのに捕まるなんてっと嘆いていたようです。宝石に関しては押収しておりますが、いかがなさいますか？　下手な処遇をしてしまうと、大変なことになりかねません」

グランデフィールは大国であり、そんな宝石族の力を必要とはしていない。

興味がないわけではないが、特別な感情はない。

ただの宝石であったのならば、適当に処分するなり、誰かに受け渡すなりするだけである。

しかしエクラ族に纏わる宝石となると、下手な扱いは出来ない。

例えばそのことを隠して売りに出すなり誰かに渡すなりしたとして、情報が洩《も》れればそれを奪い合うことになるだろう。

処分するにしても、取り扱いは十分に気をつけなければならない。いざ、処分しようとする最中に誰かに奪われるという可能性も十分にあった。

そう考えると、面倒だという気持ちも大きかった。

「ひとまず国庫に保管しておけ」

「かしこまりました」

ヨーランドは恭《うやうや》しく頷く。

「それと隣国であるアーゲンドの動きが活発になっているようです」

続けられた言葉に、俺は眉を顰める。その名は正直言って、聞きたくないものだった。

「また、グランデフィールに何かしようとしているのか」

　グランデフィールは豊かな国だ。その豊富な資源を目当てに大国であるグランデフィールを崩そうとする他国は少なからず存在している。アーゲンドはそのうちの一つである。

「そうですね。何を起こそうとしているかまでは分かりませんが……」

「動向が分かり次第、報告しろ」

「かしこまりました」

　ヨーランドは頷くと、報告は終わりだとばかりに話を変える。

「そういえばあの方は最近、どうなさっていますか？」

「俺もたまにしかお会いできないから、分からない。ただ最近は王妃とその侍女に関心を抱いているようだが」

「そうなのですか？」

　ヨーランドは驚いた表情を見せる。そして次の瞬間には笑った。

「それでしたらより一層王妃様を悪いようには出来ませんね」

「国に害為すことを王妃がするなら別だが、それをしないのならばそうなるだろうな」

　俺はそう答えながら、思考を巡らせる。

　グート様は王妃とその侍女に関心を持っておられる様子だった。流石に深く関わっていないとは思うが……、次にお会いする時には確認をしておかないと。

――そう考えていた俺がグート様に会う際に、慌てふためくことになるとはまだ知らない。

第三章　姫様の地位向上のために私は交流する。

「王妃様、とても素晴らしい出来です」

「コラレーシアにいた頃《ころ》から似たようなことはなさっていたのですか？」

フィオーレ様の目の前には、にこやかに微笑《ほほえ》む文官達の姿がある。

「コラレーシアにいた頃、少しだけね。でも公務を本格的にするのは初めてだから、分からないことがあれば聞くわ。よろしくお願いするわ」

フィオーレ様が微笑むと、文官達は見惚《みと》れた様子を見せる。それが私、ヴェルデは嬉《うれ》しい。

場所は文官達の集《つど》う執務室の一室。

フィオーレ様は椅子《いす》に腰かけ、目の前に積み上げられた書類を一つ一つ片付けている。任されているのは機密事項の含まれていない簡単なものばかりだ。

それはまだフィオーレ様がこの国で信頼を得ていないから。

とはいえ、少しでも与えられた仕事に対応しているのは事実だ。そしてそれはグランデフィールへの貢献につながっている。

文官達からしてみれば、フィオーレ様のように愛らしいお姫様——立場的には王妃だが、フィオーレ様がこうして力を貸してくれることを喜んでくださっている様子だ。

フィオーレ様にグランデフィールの中で決定権はあまりないが、それでも王妃であることには変わらない。

最初はフィオーレ様の噂《うわさ》を知っていたからか不安そうな顔をしていた彼らも、一度フィオーレ様に関わればすぐに魅了されてしまうものだ。それだけの魅力がフィオーレ様にはあるのだ。

やっぱりフィオーレ様は素晴らしいわ。私はフィオーレ様のように少し話しただけで誰かを味方につけるなんて出来ないもの。

私はそれを考えると満足する。

私のフィオーレ様がこうやって認められることを喜ばしいと思ってしまう。もちろん、ただ控えているだけではなく仕事を分かる範囲で手伝ってはいる。

私はコラレーシアにいた頃からフィオーレ様の手伝いをしていたので、ちょっとしたことなら力になれるのだ。

少しずつであるけれど、フィオーレ様はこのグランデフィールで存在感を現してきていると言える。

私からしてみると、それが本来の正しい姿なのだ。

今考えてみると、コラレーシアにいた頃の状況が本当におかしかったのよね。

フィオーレ様はこうやって慕われて生きている方がずっとあっている。これからこの国でフィオーレ様が王妃として認められていくことになれば、その分大変なことも沢山《たくさん》起こるだろう。今のお飾りの王妃という状況のままの方が――フィオーレ様は穏やかに過ごせるかもしれない。けれど、このままの状態でいるのをご本人は望まないだろうけれど。

大国の王妃という立場だけでも、色んな人達が寄ってくる。それこそフィオーレ様のようにお飾りの王妃という立場でも変わらない。寧《むし》ろこれから本人が望むようにグランデフィールで名実ともに王妃として認められればさらに危険になる。

そのことを考えると、私は心配になる。

フィオーレ様が認められることは嬉しい。けれど、それによってフィオーレ様の身に何かが起きたらと思うと心配だ。それを思うだけで、胸が痛んでしまう。

グランデフィールは国内外が認める大国である。その力は強大であり、だからこそコラレーシア側はこの国に逆らうことはまずない。だからその国の王妃となったフィオーレ様は厳重に守られるだろう。それでも……私はグランデフィールのことを信用できているわけではない。

どれだけ守る力を持とうとも、グランデフィール側がフィオーレ様をどのくらい守ってくださるか分からない。だから何かあった時は私が何を犠牲にしてでもフィオーレ様のことを守ってみせる。

決意をする私に文官が声をかけてくる。

「ヴェルデさん、王妃様は噂とは違い、優しい方ですね」

「はい。フィオーレ様は誰よりもお優しいのです」

若い女性の文官の言葉を私は間髪入れずに肯定する。

「こんなフィオーレ様がどうして我儘《わがまま》で、人を人とも思わない存在だと言われていたのでしょうか……」

「色んな事情があるのです。コラレーシアではフィオーレ様はそのような噂を流されていましたが、こうして今はフィオーレ様のことを分かってくださる方が増えて嬉しい限りです」

なぜ、フィオーレ様がそのような噂を流されているかというのは本人が語りたい時に語ればいいことであり、私が勝手に言うべきことではない。

私はそうしてはぐらかしながら、昔のことを思い出していた。

思えば私がフィオーレ様に出会った時から、フィオーレ様の立場は良くないものだった。

寧ろ当初の頃よりも徐々に悪くなっていった。……少しでも状況が異なれば、フィオーレ様は私を拾うことも出来ない状況に陥っていたと思う。

私はフィオーレ様に拾われた身だ。その当時のフィオーレ様は嫁ぐ前よりも自由だった。だから外に出ることが出来て、私を拾うことが出来た。それが私とフィオーレ様の出会いだった。

この国に嫁ぐことを聞いた時は、もっとフィオーレ様が大変な状況に陥るのではないか……と心配していた。けれど今のところは前よりも状況が好転していてよかったと素直に思う。

どうか、このままフィオーレ様が幸せになりますように。

私はただそんなことを考える。私が望むのはそれだけである。

＊

「貴方《あなた》、王妃に仕えている侍女よね？　少し顔を貸しなさい」

ある日のことだ。

私は王城を歩いていると声をかけられた。

フィオーレ様がグランデフィールで活躍すればするほど、私は絡まれやすくなっていた。

私の見た目が屈強な男性と比べると、か弱く見えるからかもしれない。どうにでも出来る存在に見えるからと侮《あなど》られるのは嫌だなと思う。

フィオーレ様に対して直接何か働きかけることにはリスクが伴う。よっぽどの覚悟や事情がある者以外はお飾りとはいえ王妃であるフィオーレ様に直接手を下すことは難しい。

代わりといってはあれだが、その分のしわ寄せは私の方に来ている。

王妃であるフィオーレ様の連れてきた唯一の侍女である私に働きかけ、その力をそごうとしているのだろう。

「貴方はどちら様でしょうか？」

挨拶《あいさつ》もされていないので、まずはそう問いかけてみる。

私の言葉にその侍女は不快そうな表情を浮かべた。

「私を知らないというの？　このグランデフィールのシュデーガ伯爵家の娘よ。貴方のような平民は本来なら口もきけないのよ？」

貴族令嬢が王城へと、婚姻前に働きに出ることはそれなりにあることだ。伯爵令嬢という立場である彼女からしてみると、私のような平民の侍女にはどのような態度をしても問題ないと思っているのだろう。

「そうなのですね。何か御用でしょうか？」

私が淡々と問いかけると、彼女は嫌そうな顔をした。

「いいから、ついてきなさい！」

「分かりました」

私は伯爵令嬢の言葉に頷《うなず》く。

少しの危険はあるかもしれないけれど、それよりも有益な情報を手に入れられる可能性が高い。そう思って私はついていく。

それから私は人気《ひとけ》のない場所へと連れて行かれた。

しばらく城内で過ごしている私もこんな場所にやってくるのは初めてだった。

グランデフィールの王城は広く、城内を全《すべ》て把握している者などあまりいない。まだこの城に来て間もない私には当然、行ったことはない場所が多い。

国王陛下などは緊急時の隠し通路などを把握しているだろうが、それはフィオーレ様にも私にも共有はされていない。

「貴方の仕えている『冷血姫』、最近調子に乗っているのではないかしら？　陛下に取り入ろうとしているようだけど、陛下にはデルニーナ様という素晴らしい方がいるのよ。ただの小国の姫がこの国で王妃を務めようなんて差し出がましいというのを理解しなさい」

どこまでも伯爵令嬢は上から目線の言葉を発する。私からの返答など聞く必要はないとでもいうような高圧的な態度だ。

「それで、何を言いたいのですか？　貴方が何を言おうともフィオーレ様がグランデフィールの王妃であることには変わりがありません」

私はただそう答える。それと同時に伯爵令嬢はカッとした様子を見せて、手を振り上げた。

避《よ》けることもできるけれど、此処《ここ》は……。

私は即座にどうするべきか考えて、そのままその振り上げた手を受け入れることにした。

ばんっという大きな音がする。それと同時に頬《ほお》をはたかれた。

痛みはあるけれど、騒ぐほどではない。そもそもフィオーレ様の侍女としてこの程度で動じるわけにはいかないもの。

「何をするのですか？」

こんな風に頬をぶたれたのは初めてだ。だけどこの程度で激高したり、泣きわめくほどでもない。

その様子に伯爵令嬢は怯《ひる》んだ様子を見せる。だけど、すぐにその眉を吊《つ》り上げて声をあげる。

「あ、貴方が無礼なことを言うのが悪いのです！　コラレーシアの『冷血姫』ごときが、グランデフィールの王妃だというなんて」

「貴方こそ何をおっしゃっているのですか？　貴方達がフィオーレ様を認めなかったとしてもフィオーレ様はこの国の王妃です。その事実は変えられません。本当に気に食わないというのならば、直接陛下へと上奏したらいかがでしょうか？」

貴族から睨《にら》まれ、危機的状況である。

しかし私はだからといって引くわけにはいかない。

「生意気な口を利くのね。貴方、痛い目に遭いたくなければ今すぐ侍女を辞しなさい」

カッとした様子の伯爵令嬢はそのような驚くべき言葉を言い放った。

本当に何を考えているのだろうか。王城の人事権など、ただの一介《いっかい》の侍女にあるはずがないのに。自分の命令が叶《かな》えられるべきとそう思っているのだろうか。

「なぜ？」

「理由なんて貴方には関係ないでしょう？　それにしてもわざわざ『冷血姫』についてこの国にまでやってくるなんて、何か脅されでもしているのかしら？　それともそれ相応の条件でも与えられているとか？　どちらにしても自分の危険を顧みず王妃に仕える必要などないでしょう？　お金を恵んでやってもいいわ。どうかしら？」

伯爵令嬢は、私が忠誠心からフィオーレ様に仕えているなどとは思ってもいないようだ。まるで脅しを受けてたり、それ相応の金銭を受け取っていなければこんな風に仕えることはないと思っているのだろう。だから、笑みを浮かべている。

こちらの話の方がきっと本題なのだろう。先ほど私の頬をぶつなんて真似《まね》をしたのは、よほど私の発言が気に障《さわ》ったのであろう。

私は伯爵令嬢の言葉を聞いて、ふぅとため息を吐《つ》く。

「そのような戯言《ざれごと》を言うのはおやめください。私は自分の意思でフィオーレ様に仕えております。金銭を渡すから侍女を辞するようになど……フィオーレ様のことも私のことも馬鹿《ばか》にしているとしか言いようがありません。私は貴方の発言に頷くつもりはありません」

はっきりと寧ろ軽蔑《けいべつ》さえ帯びている瞳で、私は伯爵令嬢に言い放つ。

まるで挑発するように、敢《あ》えてさらに手を出させようとしての言葉だ。

「……見上げた忠誠心ね。その言葉、いずれ後悔することになるわ。後から泣いて縋《すが》ったとしても今の条件と同じで受け入れられると思わないことね？」

さらに苛立《いらだ》ったような表情を浮かべた伯爵令嬢はなんとか手を出すのを我慢し、そう言い切るとそのまま踵《きびす》を返していった。

残された私は、少しだけ残念な気持ちになる。

頬を叩《たた》かれたぐらいでは流石《さすが》にあの伯爵令嬢を糾弾するには足りない。どうせなら――もっと国が無視できないほどのことをやらかしてくれないかと期待していた。

今回の一件は、それには足りない。

これだと叩かれ損かもしれない。

もっと大事になってくれたら、フィオーレ様の障壁となるものを排除できたのに。

「なぜ、残念そうなんだ」

私が残念がっていると、聞きなれた声が響く。

「……ルベライトさん、いつから見てたんですか？」

気づけばまたルベライトさんが隣にいた。

また私はルベライトさんに気づけなかった。いつの間に此処に来たのだろうかと怪訝《けげん》な顔になってしまう。

王城でルベライトさんが気づけば近づいてきているから、私はより一層周りの気配に気を付けるようにしているのに……！　どうして気を付けていても、ルベライトさんに気づけないのよ！

接近に気づけなかったことに納得がいかない。自分の不甲斐《ふがい》なさに、もやもやしてしまう。

「私がいたところに、君達が来たんだ。それにしても急に不満そうな顔でどうした？」

「……貴方が、毎回毎回、私に気づかれずに近づくから」

不満そうな表情を隠すことも出来ず、そう口にしてしまう。

「それがどうした?」

「私はフィオーレ様を守る剣であり盾です。だから周りの気配には気を付けているのです。近づいてきた人物がフィオーレ様を狙《ねら》う刺客である可能性もあるでしょう? なのに……私は貴方が近づいてくるのに全《まった》く気づけない。……それが、悔しくて仕方がないです」

思わず苦虫をかみつぶしたような表情になってしまう。

私はフィオーレ様の世話をするだけの侍女じゃない。その剣であり盾であるという一面がある。

私はフィオーレ様に何かあった時、守らなければならない。護衛も兼ねている身で気づけないことは本当に悔しい。

私の発言に、一瞬驚いた表情になるルベライトさん。けれどすぐにそれはもうおかしそうに笑い出した。赤い瞳が、興味深そうに私を見ていた。

「くははっ」

その笑い声を聞いて、私は益々《ますます》眉を顰《しか》める。

「……なにがおかしいのですか」

「私が傍《そば》に近づいても気づけないのは当然だから、何も気に病む必要はない。君の気配察知能力は十分に素晴らしいものだ」

そんなことを言い切るルベライトさん。その言葉はまるで、私がルベライトさんの気配に気づける方がおかしいとでもいう風だ。なんだかそれに全く納得がいかない。

「……なんですか、それ。そんなに貴方は自分の力に自信を持っているとでもいうのですか？」

　誰にも気づかれないとそんな自信を持ち合わせていることに何とも言えない気持ちになる。そのあたりも少し気に食わない。

「その通りだよ」

　丁寧《ていねい》な口調で、穏やかな雰囲気なのに――どこか不遜《ふそん》。本心でそう思っていることが分かって、やっぱり何とも言えない気持ちになる。

「そうですか……」

「そうだよ。それで結局なぜ、残念そうにしていたんだ？」

「それはですね……。どうせならばもっと派手にやらかしてくれればと思ったのです。私の頬が叩かれたぐらいでは貴族を処罰対象にするのは難しいでしょう。そもそも処罰が出来たとしても罰が軽くなります。私はそれが嫌なので、もっと何かしてくれればよかったのにと思ったのです」

　それは私の本心である。私がそう言い切ると、ルベライトさんはずっと笑っている。本当に、この人、笑いすぎじゃない？　私はこれだけ真剣なのに！

「君は見た目が可愛《かわい》らしい方なのに、内面が勇ましいな」

そう言いながらルベライトさんは、赤くなった私の頬に手を伸ばす。その手つきがあまりにも優しくて、急で、驚き、固まった。

「赤くなっているな」

ルベライトさんはそう告げたかと思えば、頬に温かい何かが集まっていくのが分かる。そしてそれがルベライトさんの魔力だということが、魔法を嗜《たしな》んでいる私には分かった。

「何を――」

声をあげようとした時に、痛みが引いていったことに驚き言葉が固まる。

「魔法ですか……？　城内でこんな大きな魔法を使うなんて、駄目じゃないですか？」

私だって王のいる城で魔法を使う際は感知されないように気を付けている。なのにルベライトさんは全く隠しもせずに魔法を使っている。

そもそもこの程度の頬の痛みを治すためだけに、こんな大きな魔法を使うなんてと信じられない気持ちでいっぱいである。

ルベライトさんがどういう立場の人かは分からないけれど本当に何というか……不用心すぎる。そう思って思わずジト目で見つめてしまう。

「私がいつどこで魔法を使うかは私の自由だ。それを妨げるものなどいない」

「……そうですか」

私は本当によく分からない気持ちになって、じっとルベライトさんを見る。ルベライトさんはこういう状況でも、いつも通りだ。

その様子に呆《あき》れてしまうと同時に、やっぱり本当に大丈夫だろうかと思ってしまう。

「まぁ、ひとまずは治してくださったことはありがとうございます。貴方のその自信に溢《あふ》れている様子は美点かもしれませんが、その様子ではいつか足元をすくわれてしまいますよ？」

「大丈夫だ。何も心配は要らない」

にっこりと笑ってそう告げる様子に、私はやっぱり呆れてしまう。

「それで……あの様子ではこれからも君は大変な目に遭うのではないか？」

「それはそうですね。でも望むところです。寧ろやらかしてもらった方が後からどうにでも出来ますから」

ルベライトさんの言うように伯爵令嬢のあの様子では、きっとこれから困難なことが待ち受けるだろう。あの伯爵令嬢はきっと諦《あきら》めない。少なからず嫌がらせなどは悪化するだろう。

それでも――私にとっては言葉通り望むところなのだ。

「本当に君は面白《おもしろ》いな？」

「笑いすぎです」

私の言動はルベライトさんのツボに入っているようで、驚くほどに笑っている。

咽《むせ》るような態度に、何とも言えない気持ちになる。

「本当に面白い。そうだ。これを渡しておこう」

ルベライトさんはそう言いながら懐《ふところ》から、一つのペンダントを取り出した。

それは爪のような形をした飾りのついたものである。

「これは……？」

「この前会った時に、良いものを渡すと言っていただろう？」

「これが、良いものですか？」

手に取ったペンダントをまじまじと見つめ、私は疑うかのように告げる。

よくあるアクセサリーにしか見えなかったので、よく分からなかった。

「そうだ。疑うような表情をしているが、珍しいものだ。大事にしていて悪いことはない。寧ろいつか私に感謝するだろう」

「……本当に、貴方は良い性格をしていますね？　本当に何も悪いことは起きないと断言できますか？」

「ああ。私の名において必ずヴェルデのためになると誓おう」

ルベライトさんの言葉と同時に、ペンダントが一瞬光った。

「何を……？」

「きちんと魔力を使って誓っただけだ」

「貴方は、何をしているのですか！」

私はその言葉を聞いて、顔を青ざめさせてしまった。

思わず大きな声を私があげるのも当然のことだった。私は——名前をもってして誓う意味を知っている。

なのにルベライトさんは不思議そうで、ぽかんとした表情だった。それが、気に障ってしまう。

「何をぽかんとしているのですか！　自身の魔力を使って誓うなんて、それを破れば大変なことになるでしょう！」

自身の魔力と、名において誓う縛りは制約がつけられているものなのだ。その誓いの重さにもよるけれど、基本的にその誓いを破ればその分、何かしらの罰を受けてしまうという恐ろしいものだ。

私も魔法を習っているからこそ、それらも学んでいる。

過去の文献によると、ある国の王族が誓いを破った結果……下半身不随といった状態にまで陥ったこともある。また軽い気持ちで、簡単な誓いをしたつもりが、大変な事態に陥ったという例もある。

だからこそ、私は叱りつけるようにルベライトさんに言い放つ。

そのような誓いは簡単に行うべきではないというのに……どうしてこの方は出会ったばかりの私のためにこんなことを行うの!?

必ず私のためになるなどという、そんな誓いなどをするべきではない。

それだけ出会ったばかりの相手を信じるべきではない。そうすることで不利益を受けることだって当然あるのだから。

「別に構わない」

「出会ったばかりの私相手にそのようなものは不要です！　今回の誓いに関しては私が意図して破れるものではないからいいかもしれませんが、他の誓いだったらどうなったと思っているのですか！」

「なんだ、もしそうだった場合、敢えてそのようなことをする気だったのか？」

「私はしませんよ！」

「なら、いいではないか」

「会ったばかりの私のことを信用しすぎです！　私がどういう人間かなど、貴方にはまだ理解できていないでしょう。だというのにそんなことを簡単に言うべきではないです。貴方は自分のことを蔑《ないがし》ろにしているのではないですか？」

睨みつけるようにルベライトさんを見て、そう告げる。

ルベライトさんはあまりにも自分自身のことを大切にしていないように見える。私はそれに対して苛立ちを感じて仕方ない。

だって自分自身のことは何よりも大切にすべきなのだ。私は――ルベライトさんのことを嫌いではない。苛立つことはあるけれど、調子を乱されてしまうけれど――それでも不思議と興味を抱《いだ》いているのは確かなのだ。

だからどうしてこんなにも、私を勝手に信用しているのだろうか？　もし私がルベライトさんを利用するような人物だったらどうするのだろうか？　誓った結果、ルベライトさんが大変なことになったら――と思うと、胸が痛んだ。

でも私にどれだけ睨みつけられようとも、ルベライトさんは笑っている。

「そうか。なら、気を付けるとしよう」

あまりにも軽い調子で告げられる。ルベライトさんはちっとも気を付けようとしているようには見えない。だから、それが私には不満だ。

この人は……本当に私の言葉を聞き流しているというか、本気にしていない。もう……どうなったって知らないんだから！

幾ら言っても私の言葉を聞いてくれないのならば、もう知らない。諦めてしまうと、そう思ってしまう。

「そう機嫌を悪くするな。それを着けてやろう」

そう口にしたかと思えば、ルベライトさんは私の手からペンダントを取る。そして背後に回ると、私の首に着けてくれる。

……誰かにこんな風にペンダントを着けてもらうなんて初めてだ。

「よく似合っているな」

「……ありがとうございます」

満足気に笑うルベライトさんを見ながら、私はお礼の言葉を告げる。

「ヴェルデ、何か困ったことがあればそれに魔力を込めるといい。少しの魔力でも、私には伝わるから」

「……分かりました」

頷きながら、私はルベライトさんのことが気になってしまう。この人は何なのだろうかと。

思わず視線を向けてしまってルベライトさんが不思議そうな顔をしている。

「どうかしたか？」

「……いえ、なんでもありません」

ルベライトさんは私の目から見て、不思議に溢れている。存在自体がちぐはぐで、話せば話すほど分からなくなる。

結局私はルベライトさんに質問を投げかけることは出来なかった。

＊

「聞けば聞くほど、貴方に接触をしているルベライトという男性はよく分からないわね」

私はルベライトさんに関する情報をフィオーレ様に共有している。

フィオーレ様は、私が一人の時に接触してくる不思議な男性――ルベライトさんに興味と警戒心を抱いているようだ。

フィオーレ様は面白いことが好きだから、何者なのだろうかという個人的な関心と、興味。それはフィオーレ様が好奇心旺盛な性格をしているからというのもあるだろう。

ただフィオーレ様は私を大切に思ってくれているから、その点に関しては警戒心を解けないのだろうというのは分かる。フィオーレ様がルベライトさんのことを気にしているのも面白くないなと感じてしまった。

「そのペンダントを受け取ったのよね？　少し、見てもいいかしら？」

「はい。もちろんです」

私が頷くと、フィオーレ様は私が首からさげているそのペンダントをまじまじと見る。

それは何らかの生物の爪のようなもの。

「……何の爪かしら」

博識であるフィオーレ様からしても、何の爪か分からなかったようだ。考えてみるとこんなに巨大な爪を持つ生物ってどんな存在がいるのだろうか？

ただそれよりもフィオーレ様は魔力を込めていた点の方が気になるみたい。

「ヴェルデの話では魔力を込めていたと聞いているけれど……凄《すご》いわね。一切の魔力を感じさせないわ」

「はい……。凄《すさ》まじい魔法技量です。私も実際に目にしていなければ、このアクセサリーに魔力が込められているなど気づかなかったでしょう」

フィオーレ様の感嘆の声を聞きながら、やっぱり私は悔しくて仕方がない。

……どうしてルベライトさんはこれだけのことをいとも簡単に行えるのだろうか。それでどうして飄々《ひょうひょう》としているのだろうか。さらっとそんなことをされるのが悔しい。

私だって魔法に自信があったのに。

私にはああいうことが出来ないし、ルベライトさんのように凄いことをさらりとやってのけることも出来ない。

思わず顔をしかめてしまった私を、フィオーレ様はくすくすと笑いながら見ている。

「そのような人物が王城内を自由に歩き回っていて、それでいて周りに認識されていないというのも本当に不思議よね。でも聞いている限り、貴方に対して好意的みたいだから良かったわ。随分、気に入られているみたいね?」

「……面白い玩具《おもちゃ》か何かだと思われているだけです」

「それでも敵対関係にあるより気に入られている方がずっといいでしょう?」

「はい。それはその通りです」

にっこりと笑って断言したフィオーレ様の言葉に、私は頷く。

「それよりも……これから貴方に対してこの国の貴族達が何かしでかそうとするのよね。私のために頑張ってくれていることは知っているけれど、あまり無茶はしないでね？　私の可愛いヴェルデに何かあったら悲しいわ」

フィオーレ様は悲壮に満ちた表情を浮かべると、私に言う。

こんな風に言われると、無茶をしないようにしなければと思う。フィオーレ様は私にそう思わせるために、そういう表情を浮かべているのだろうけれど。

そういう意図的な行動であるかどうかを抜きにしても私にとってフィオーレ様の言動は全て、特別なものだ。それこそどういう思惑があったとしても私はどんな言葉でも受け入れてしまうだろう。

「はい。無茶はしないようにします。あの伯爵令嬢は噂の公爵令嬢のことを話していました。やはり陛下に近づいた女性達が危険にさらされていることと関連がありそうです」

「それはそうよね。前に一度やらかした際に十分な処罰を与えたから大人しくしている……と周りに思われているみたいだけど、筆頭公爵家の御令嬢が陛下に懸想《けそう》しているなんて影響力があるのは目に見えているもの」

フィオーレ様は困った表情で告げる。

グランデフィールの認識では、公爵令嬢は罰を与えられ、反省し、もう愚かな真似はしなくなったとされている。恋心の暴走から行動を起こしているだけであって、件《くだん》の公爵令嬢は国王陛下に近づいた女性が不幸に陥っていることと関係はないと……。

だけど、本当にそうなのだろうかと疑問である。

私達は、公爵令嬢がこれまでどのような行動を起こしてきたかを把握している。

国王陛下に縁談があれば、それを公爵家の権力を使って破談にすることもあったらしい。国王陛下に相手にされなかったとしても、パーティーなどで国王陛下の傍に侍《はべ》り続け、周りの女性を近づけなかった。そして謹慎するに至った理由の一件――他国の令嬢に怪我《けが》をさせるような事態を引き起こした。

デルニーナ・カフィーシアという公爵令嬢はそれだけのことを起こす令嬢なのだ。

「本人は関わりがなく、あくまで周りが勝手に動いていることと言われていることも多そうですよね……」

「そうね。調べている限りそう言われているわ。公爵も父親として娘のことを思うのならばそういう態度を公に出すことを諌《いさ》めればいいのに……よくいる身内に駄目な意味で甘い父親のようだもの」

フィオーレ様はそう口にする。

公爵令嬢デルニーナ・カフィーシアのことを調べれば調べるほど、出てくる情報と言えばカフィーシア公爵家当主が娘を可愛がった結果のことだというのがよく分かる。

国王に懸想している公爵令嬢。そのまま結ばれれば平和的だったが……。

「陛下の女性嫌いの大きな原因が彼女だものね」

そう、フィオーレ様のおっしゃる通りにそもそも陛下が女性嫌いである大きな原因が公爵令嬢だと言われている。

それ以外にも様々な女性が陛下に近づいていったと言われているが、その中でも一番の権力者が彼女だった。

「公爵令嬢ももっと上手《うま》くやれば、陛下と添い遂げることも出来たでしょうに……。王妃になれるだけの身分があるのに王妃として相応《ふさわ》しい所作を身に付けず、好いている殿方から嫌われるような真似を続けてしまうなんて……正直もったいないなと思うわ。両親から愛されて、自由に何でも出来るだけの権利があるのならばやりようがあったはずなのに……」

目を伏せて、残念そうにフィオーレ様は口にする。

グランデフィールの公爵家の娘となれば、何者にでもなれるだけの身分を持ち合わせている。

その権力があれば、自分が生きたいように、どうにでも出来たはずである。

それなのに間違った道を進み続けていることは、フィオーレ様にとってはもったいないと言わざるを得ないことだろう。

フィオーレ様はコラレーシアの国王陛下から疎《うと》まれ続け、大変な状況下でも自分で力をつけてきた方だ。だからこそ……良い環境にいながら堕落していったことに対して思うところがあるのだろうとそう思う。

フィオーレ様は王族という身分に生まれているが、その暮らしは良いものではなかった。

周りから愛されて、守られて生きてきたのならば――『冷血姫』などという呼び名が他国にまで広まっているはずがないのだ。

フィオーレ様と公爵令嬢は、環境がまるで正反対だ。

「救えるのなら救いたいと思ってますか？」

「ええ。そうよ。もしこれからやり直す道があるならやり直してほしいと思うわ。ただ……それが出来ないほど取り返しのつかないことを行っている場合はあるけれど。その時は、流石に王妃としては庇《かば》えないわね」

「フィオーレ様は本当に優しいです」

「ふふっ、そう？　私は見捨てる必要があるなら見捨てると言っているのよ？」

「それでも手を差し伸べられるなら差し伸べようとする。そういう点が、優しいです。それにフィオーレ様はただ優しいだけではないですから。そういう点も、私がフィオーレ様のことを好きな理由の一つです」

私は躊躇《ちゅうちょ》せず、恥ずかし気もなくそう言い切る。

私はフィオーレ様には本音を口にするようにしている。私の言葉を聞いて、フィオーレ様は笑みをこぼす。

「ありがとう、ヴェルデ。力を持つ公爵家の御令嬢だからこそ、実際のところを調べるのは骨が折れるわ。味方をもっと作らなければ上手くいかないでしょう。でも……私は王妃としてこの国で生きていくと決めているから彼女の問題も解決するつもりだわ」

「この城内でも王妃であるフィオーレ様よりも、公爵令嬢であるデルニーナ・カフィーシアの味方をする方も多いですからね。国王陛下に聞いても情報は集まらないのでしょうか？」

「陛下はなるべく彼女と関わらないようにはしているみたいなのよ。よっぽど苦手みたいね。私が彼女と正反対の見た目で良かったかもしれないわ。陛下が彼女を苦手だと思っているのなら、似た雰囲気の女性も嫌がりそうだもの」

フィオーレ様の言うように件の公爵令嬢とフィオーレ様の見た目は正反対だ。公爵令嬢は美しさを持つ美人で、対してフィオーレ様は愛らしいという言葉がよく似合う。

陛下はその公爵令嬢に対して苦手意識を抱いているからこそ、同じような性格の女性からは離れる傾向にあるらしかった。

「……フィオーレ様が公爵令嬢と同じような雰囲気だったら陛下は会おうとしなかったということですか？　それは情けない……」

「まぁ、私の夫に対してそのようなことは言わないで、ヴェルデ。お茶会から少しずつ陛下のことを知れているのだけど、陛下には可愛らしい一面もあるだけよ」

思わず情けないと呟《つぶや》いた私に、フィオーレ様は楽しそうに笑いながら告げる。

私が情報収集などのために一人で城内をうろついている間に、フィオーレ様は陛下と距離を縮めていたのだろう。

あれだけガタイが良くて、男らしく見える陛下が可愛らしいか……。そんなことをこんな表情で言うのもフィオーレ様らしい。

私から見た国王陛下は、フィオーレ様の言うような可愛らしい一面があるようには見えない。私はそういう一面を見ても情けないとしか思えないけれど、それを可愛らしいの一言で済ませるあたり流石だ。

そういうおおらかな性格もフィオーレ様の良さよね。見た目にそぐわぬ一面があるとがっかりする人も多いだろう。自分が想像していた人柄と違うとなると、勝手に裏切られたなんて言う人もいるぐらいだ。だけどフィオーレ様はそういう想像と違う面を面白がって受け入れるのよね。

「私は引き続き、陛下との距離を縮めるわ。陛下が心を許してくださったら私は動きやすくなるもの。それにお願い事も叶えていただけるようになるもの」

「そういえば、陛下に対して秘密と言っていたお願い事ってなんなのですか?」

「ふふっ、それは貴方にも秘密よ。陛下に叶えてもらう際に教えてあげるから楽しみにしていて」

まるで悪戯《いたずら》を思いついた子供のように、無邪気《むじゃき》に笑うフィオーレ様。

その言葉に私は一瞬、驚いた顔をして……だけどフィオーレ様が笑っているから「仕方がないですね。ではそれまで楽しみに待っています」とそう言って笑みを返すのだった。

＊

「さて、陛下。今日はどのようなお話をしますか？　私は陛下にお聞きしたいことが山ほどあるのですけれど、陛下はどうでしょう？」

ある日の昼下がり、私、フィオーレは陛下と共にお茶会をしている。

その交流の最中はヴェルデが傍に控えていることもあれば、控えていないこともある。

本日、ヴェルデは別行動の日だ。

「聞きたいことか……」

そう言いながら、真正面に腰かけにっこりと微笑む私のことを陛下は見ている。

私に対して色々と思うところがあるのだろうなと思う。

陛下のように威圧感があり、周りから恐れられるような噂がある方だと――やっぱり逃げていく方は多いのだと思う。

怯《おび》えられ、怖れられ――そういう人が多いのかもしれない。私がこうやって穏やかに微笑んでいる様子を見て関心を抱いていただけているかなと思う。

あとは私が噂とは異なることも、気になるのかしら。

ヴェルデには信じられないと言った様子で見られたけれど、やっぱり陛下は可愛らしい一面を持ち合わせている。どれだけ冷酷だと噂されていようとも、当たり前に人としての思いやりを持つ人だとは思っている。

そうでなければ、私のことをもっとどうにでも出来るはずだから。

私のことを陛下がどのように扱うかは自由で、命じられれば私は逆らうことはできない。例えば私の父親は、王妃からの圧に負けて、私のことを捨て置いた。私がどういう状況に陥っていたとしても親として手を差し伸べることはなかった。

陛下は私に対して、少しの興味はあるだろうけれど――その程度。そのくらいの関係性が心地よいと思う。

怖いとは思わない。私が陛下を怒らせるようなことを行わなければ、理不尽な真似などしないだろうというのを分かっているから。

「何か私に対して思うところがあるのでしょう？　何を聞かれても私は答えさせていただきますわ」

「本当にどんなことでもいいのか？」

「もちろんですわ。それに陛下は私が隠し事をしたら、私に対しての信頼を無くしてしまうでしょう？」

私は本心から、そう問いかける。

陛下は私に対して少しの信頼は持ってくださっていると思う。それに応《こた》えておくべきだと私は思っている。

「それはそうだが……」

「ふふっ、そのような表情をしているのは私に興味を抱いてくださっているのでしょう？　なんでもいいですわ。聞いてくださいませ」

「……お前は、なぜ『冷血姫』と呼ばれている？」

陛下にそう問いかけられて、思わず笑ってしまった。

やっぱり陛下は私のことを気にしてはおられるのだ。私が任せられた仕事を完璧にこなし、文官達と上手くやっている様子を見て――噂とは違うと改めて実感したのだろう。

実際に、噂の私と私自身は異なる。

コラレーシアでは王であった父親や王妃達が私に対しての態度が酷《ひど》かったというのもあって、城内に仕える者達は私を腫物《はれもの》のように扱う人も多かった。陰で仲良くしてくださっている人もそれなりにいたけれどね。

それに比べると陛下は私に特別な感情を抱いているわけではないけれど、悪感情もない。それに私を王妃として認めてはくれている。だから周りの人達の態度も心地よい。

嬉しいことに、嫁いできたのが私で良かったといってくれる人も多いの。

私は周りに好かれるように、嫌がられないように言動を作ってはいるけれど、そんな風に言われるとやっぱり嬉しいわ。

陛下はそういう私の様子を見て、どうして悪評が広まっていたのか不思議なのではないかと思うわ。

「そうですねぇ。理由はいくつもございますけれど、一番の理由は私がコラレーシアの王族に疎まれていたからでしょうか」

軽い調子で、私がそう告げると陛下は怪訝そうな顔をする。

「家族に疎まれていた?」

「そうですね。昔話をしましょうか。私のお母様は見た目がとても整っておりました。私の可愛らしさはお母様似なのですわ」

「そうか」

私が自信満々にそう言い切ると、陛下が眉を顰める。自意識過剰だとでも思っているのかしら? でも私の見た目が整っているのは本当のことだもの。

これから私が語ることは、一般的にみれば悲劇というようなものではある。

血のつながった家族に疎まれているという状況だけでも、心を痛める者は多いだろう。

でも私にとって、そういう環境が当たり前だった。

「お母様が生きている間はまだ平和な日々だったと言えました。お母様は側室として立場が弱かったので、暮らしは王妃様達に比べると慎《つつ》ましいものでした。ただ、その頃はまだ普通の日々でしたわね」

私はそう口にしながら、お母様のことを思い出していた。

私にとって大切な、ただ一人の母親。

父親から側室へと望まれ、そして私を産み落とした。私の見た目は、お母様譲りである。

私とそっくりで、いつまでも愛らしい見た目をしていた。私もきっと年を取ったらお母様のように成長するのだろうなと思う。

お母様が本を読んでくれたこと、共に庭園を歩いたこと、食事を共にしたこと、不安なことがあった時に抱きしめてくれたこと――。

数え切れないほどの思い出がある。それらは全て大切な思い出だ。お母様はいつだって微笑んでいる人だった。王の側室になったことで、お母様の環境は変わった。私を産んだことでコラレーシアの王家から離れることが出来なくなった。

それでも――私のことを慈《いつく》しんでくれた。私を産んでよかったと、そんな風に笑っていた。

私が常に笑顔を浮かべていようと思っているのは、お母様がそうだったからだ。私は優しく微笑むお母様のことを思い出すだけで幸せな気持ちになった。

「穏やかに過ごした日々は、お母様が亡くなったことを境にして変わりました」

私はお母様の死因を正しくは知らない。

故意によるものだったのか、事故によるものだったのか――幼かった私では把握することが出来なかった。

だけど、そのことは陛下に伝えることではないだろうから告げない。きっと故意だったのだと言えば、陛下は私に同情するだろうけれど——そんな同情は要らないもの。

「お母様がいなくなってから、お父様は悲しみにくれ、そして私のことを見たくないと思うようになりました。元々お父様は私には関心を持っていなかったのもありますけど」

私の父親は子供に対してそこまで愛情を持たないタイプだった。世の中には子供を大切に思う親の方がずっと多いというのは一般的だとは思う。

もし父親がもっと思いやりをもってくれていれば——私もコラレーシアに愛着を持てただろうか。

「王妃様達は私のことを排除しようと考えていました。私の見た目が優れていたことも一つの原因ではありましたね。他の王女達の脅威になると判断したこと、そして私のことを甚振《いたぶ》ることを楽しんでいたというのもありますね。私の暮らしは徐々にみすぼらしいものになりました。私はそれでもまぁ、生きていければそれでいいとそう思っていました」

私が笑顔のまま告げれば、陛下は顔をしかめている。

陛下が守られるだけのお姫様を望んでいるのならば、そういう私を慰めたいと思っているのならば私はそういう風に——可哀想《かわいそう》な、お姫様を演じただろう。その方が上手く付き合っていけるというのならばそうするものだ。

でも陛下はそんな演技を私がすることを望んでいるわけではない。寧ろそんな演技をされても嫌がることだろう。

だから、私はただ何も感じてませんといった風に、微笑む。

「でも私が大人しくしているだけでは、王妃様は満足なさらなかったようなのです」

本当にあれは困ったことだった。私がどれだけ大人しく過ごすことに異存がなく、ただヴェルデとのんびり過ごせればいいと思っていても——王妃はそれでは満足などしなかった。

「お父様に関しては王妃様の機嫌を損ねることの方が嫌だとそう判断したというのもありますね。私が王妃様の不興《ふきょう》を買わないように目立たないようにしていたのもありますけど。王妃様は気に食わないと周りにあたる方でして……」

私が思い起こしてみるだけでも、コラレーシアの王妃は外に広まっている評判とは異なる。自分勝手に周りにあたるようなそういう人間だった。

特に私のことは元々から嫌っているのもあり、何かあると酷かった。だからそれはもう慎重に動くようにしていた。

物を投げつけてきたり、無茶ぶりを口にしたり——私を困らせることを生きがいにしていた。私が平然とした顔をしていると益々お怒りになるから、対して気にならないこともおおげさに嘆いてみたりもしていた。

なるべく視界に入らないようにしていても、そんな感じだった。

そんな風にコラレーシアにいた時のことを思い出すと、王妃付きの侍女達はやりたくもないことに付き合わされていて大変だっただろうなと同情してならない。ああいう姿を見てきたから、私は余計に周りにはなるべく優しくしようとそう思った。

「私のお父様であるコラレーシアの国王は、面倒事から逃げるきらいがあるのです。でも私が幾ら目立たないように慎ましく生きていても私の持って生まれた可憐《かれん》さは隠せなかったみたいで……」

「自分で言うか？」

「だって私が愛らしい見た目をしているのは真実でしょう？　なるべく目立たないようにしていてもやっぱり王妃様にとっては私が気に食わなかったようで、それはもう嫌がらせをされますし、あることないこと噂されていましたわ」

そう、それが私が『冷血姫』などと噂されていた大きな原因である。

幾ら私が目立たないように心がけて、王妃の不興を買わないようにしていても――コラレーシアの王妃は私の存在そのものが気に食わなかったのだ。

私には、恋というものは分からない。だけれどもそれだけ王妃がお父様を愛していたからこその行動だろう。

私のお母様が生きていた間、お父様はお母様に夢中だった。そのため王妃は大変嫉妬《しっと》し、暴走気味だったようだ。お母様が亡くなった後、その面影を私に見ている。私が娘とはいえ、お母様とは別人で、お父様を取ることなどないのに。

それでも恋というのは、それだけ人を狂わせてしまうものなのだろうなとは思っている。

そういう姿を見てきたから、私はそういう恋というものはしたくないなとも感じている。

それでいてお父様は面倒なことが起こるよりも、王妃の機嫌を損ねないようにする方が大事だった。だから私の身の危険や評判なんて、後回しで、その結果が私の悪評だ。

「なるほど……」

納得するように頷く陛下を見て、私は思わず笑った。

「あら、陛下。私の言葉を全て真実として受け取ってもよろしいのですか？　私が自分に都合の良いように伝えている可能性もありますわよ？」

「全てが真実であるかの判断は俺には出来ないが、少なからず真実が含まれていることではあるだろう。それにお前のコラレーシアでの事情がどうであれ、この国に嫁いできたのだから関係がない。……まぁ、本当のことを言っているようには見えるが」

「信じていただいているようなら幸いですわ。そのまま話しますけれど、そういう環境にあっても私はそれなりに上手くやっていたと自負しておりますわ」

私はそう言って続けながら、紅茶を口に含む。その所作を見て、陛下は私にまた問いかけた。

「コラレーシアの王妃に疎まれていた割には教育はされていたようだな」

その言葉を聞いて、私はまた笑ってしまった。陛下は冷酷だとか言われていたとしても、人の善性を信じ切っている節があるのだと思う。なんだかんだお父様が私には教育をしてくれたのだろうとそう思ったのだろう。そういうところはやっぱり陛下は可愛らしいとは思う。

「まぁ！　お父様と王妃様が私の教育をするとでも？　お母様が亡くなった後は自分で教師を見つけて、学びましたの」

ごまかすことも出来たけれど、本当のことを言った方がいいだろうと思って私は笑顔で答えた。

お父様の頭がそこまで回るはずがない。そもそも王族として生まれ育ち、順当に王になったお父様は周りが何かをしてくれることが当たり前なのだ。

子供というものは勝手に教師がついて、勝手に育つとでも思っている気がする。王妃に疎まれている私に、まともな教師が派遣されるはずもないのに。

「自分で見つけた？」

「ええ。周りを味方につけましたわ。喜ばしいことに私は人から好かれやすい外見をしておりますから、それを十分に使いましたの」

私の見た目はありがたいことに、人に好かれやすい。それに私のような見た目をしていると、周りから警戒されにくい。微笑みかければすぐに警戒心を解いてくれる方が多い。

私はそれに気づいてから、この見た目を思う存分利用した。

王城という様々な人々が行きかう場所で、周りの人々を観察した。そして味方に出来そうな者を味方につけ、自分が生きやすいように整えて生きてきた。

「教育を受ける対価は行動で示しましたわ。お父様や王妃様に睨まれたくないとおっしゃる彼らは表立っては私に冷たかったですが裏では優しくしてくださいましたの。そういう味方がいるからこそ私の生活は悪くはないものでした。ただあまりにも私が壮健な様子を見せると王妃様が何をするか分からなかったので、くたびれているふりをしておりましたわ」

こうして話していると、懐かしいなと思う。

陛下は何とも言えない表情。私がくたびれたふりをしていたなどと聞いてもぴんとこないのかもしれない。

グランデフィールに来てからは、そんな風に装うことも必要ないから楽でいいわ。

「そうか。それは大変だったな」

「そうですわね。大変さはありましたわ。でも逆にどうやって王妃様達を欺《あざむ》こうかとそれを考えるのは楽しかったですわ。それにヴェルデも一緒でしたもの」

「ヴェルデとは、あの侍女のことか？」

陛下はあまりヴェルデに関心はないのだろうなと思う。

私の侍女であるヴェルデはとても可愛くて、他に代えがたい存在だ。ヴェルデは一見すると目立たない面はあるかもしれない。だけれども、もっと注目を浴びていいのになと思う。尤《もっと》も本人はそんなことは望まないだろうけれど。

「お前がコラレーシアから連れてきたたった一人の侍女だったか」

「ええ。私にとっては妹のように大切にしている子なのですわ。こんなことを言ったらご不快になるかもしれないですけれど、私にとっては真っ先に思い浮かぶ大切な家族があの子ですわね」

私はヴェルデのことを話していると、思わず自然と頬が緩む。ヴェルデは私にとっては本当に大切な子なのだ。

コラレーシアの王族達は、血のつながりはあれど家族とは言えないものだった。

そして……今、目の前にいる陛下に関しても、あくまで政略結婚であり、何かしらの特別な感情があるわけではない。

まだ、私と陛下は家族とは言えないだろう。きっと陛下もそうだと思う。

そのような状況だからこそ、私にとってヴェルデは唯一の家族のような存在だ。

「……そうか。お前にとってその侍女が傍にいたことは幸福なことだったのだろうな」

「ええ。本当に大切な子なのです。でもヴェルデに最近、親しい異性が出来ているみたいで……。私はとても心配しているのですわ」

頬に手をあてて、本当に心配だなと思う。

私は最近、ヴェルデにちょっかいをかけているという、ルベライトと彼女が呼んでいる青年に関して調べている。

だけれども、不自然なほどにその情報は集まらない。

私はただ可愛いヴェルデに興味を持っているという方が、危ない存在じゃないかというのを知りたいだけなのに。

ヴェルデは心なしか、そのルベライトという男性に心を許しているように見える。

気づかないうちに近づいてきているなどと言って文句を言っていたけれど、なんだかんだ楽しく話しているのだというのは分かる。

だからこそ、心配なのだ。

ヴェルデはしっかりしているとはいえ、まだ十七歳。異性慣れもしていない。そして抜けている面もある。何者なのか分からない存在を可愛いヴェルデの傍に置いておくのは嫌だとも思っている。

私を間近で見ているヴェルデは美しい人を見慣れている。なのにそのヴェルデが躊躇せずに見目麗《みめうるわ》しいと断言できるほどの美しさを持ち合わせているということ。そして魔法の嗜みがあるヴェルデが素晴らしい魔法だと絶賛するほどの腕前を持ち合わせている。

そのような特別な存在が、城内では周りにほとんど認識されていないということはおかしいことである。

「……陛下は灰色の髪と、赤い瞳の男性をご存じですか？」

私がそう問いかけた時、陛下の眉がぴくりと動いた。それに私は気づき、見逃さなかった。

「お知り合いですか？」

「……いや、私の知り合いではないな」

「そうですか」

正直、問い詰めたい気持ちはあった。だけど陛下が話したがっていないことは分かったので、それ以上は聞かなかった。


その後は穏やかな会話がただ続けられた。

＊

「ふぅ……」

フィオーレ様が陛下と交流を深めている中、私、ヴェルデは侍女長との会話を終え、王城の廊下を歩いている。

王妃であるフィオーレ様の予算は、十分に与えられている。コラレーシアでは王族に与えられるべき予算も与えられていなかったので、正直こんなにもらえるのかと驚いたものだった。

王城内の侍女達は、フィオーレ様に悪感情を持っている者は多いけれども侍女長はきちんと対応をしてくれている。

フィオーレ様が公務を行うことで、文官達からの評判は上がっている。

しかし身の回りの世話をする侍女達はといえば、相変わらずの人達が多い、寧ろフィオーレ様と私を疎んでいる者が多くいる。

先日、私が伯爵令嬢の申し出を断ってから余計にひどくなっており、嫌がらせのようなものを受けている。

特に王妃であるフィオーレ様ではなく、その侍女である私の方が狙われやすい。

フィオーレ様は私に何かあれば怒り狂うだろうけれど、そのことを周りは理解していない。

そもそもお飾りの王妃が怒りをあらわしたところでどうにでも出来ると思っているのかも。

フィオーレ様って普段はお怒りにならないけれど、怒ったらきっと恐ろしいんだろうな。

私は平民という身分だ。

だからフィオーレ様が疎まれている王女でなければ、私はフィオーレ様に仕えることなど出来なかったかもしれない。

嫌がらせをする理由のある、まだ若い少女。私がそういう立場だから、嬉々《きき》としてそれを行おうとするような者がいるのだ。

「ヴェルデさん、少し話があるのだけどいいですか？」

廊下を歩く私にそう声をかけてきたのは、私が最近よく話すことのあるイトーティラさんという少女である。彼女も同じく平民であり、この城で下働きとして働いている子だ。

私は平民であるので、同じ身分の人達とよく話すようになっていた。貴族としての身分を持つ侍女は基本的に私をよく思っていない人が多い。

そういう態度に遭遇する度に、私は何とも言えない気持ちになる。だってフィオーレ様を王妃として迎え入れることを決めたのは、この国だ。そして国王陛下が受け入れたことなのだ。

それでも――国王陛下を異様に慕っている者達の中には、フィオーレ様など相応しくないと考えている方もいそうだし。

イトーティラさんについていきながら、私はそんな思考をしている。

フィオーレ様を王妃として迎えることを決めた本人ではなく、王妃としてやってきたフィオーレ様の方に文句を言うなんて本当になんなのだろうと思ってしまう。

公爵令嬢であるデルニーナを慕い行動を起こす者、グランデフィールの王であるルードヴィグの王妃としてフィオーレ様が相応しくないと語る者。

それらは私の目から見て、同一のようなものである。

フィオーレ様の侍女であるというだけで、私は周りから酷い扱いを受けている。その中でイトーティラさんは数少ない普通に喋《しゃべ》れる存在だった。

「ヴェルデさんは今日は何をしていたの？」

「そうですね、今日は……」

世間話をしながら、廊下を歩く。

向かう先は、私がイトーティラさんとよく会話をしている空き部屋だ。

平民である私達の会話を誰かに聞かれ、それによってイトーティラさんがよからぬ目に遭うことを懸念しているからだ。そもそも私と親しくしているというだけでも狙われる対象になり得るので、それもありあまり人がいない場所で会話をするのは当然だった。

私としてみたら、こうして会話をする相手がいるというのは純粋に嬉しい。

コラレーシアにいた頃は、今よりもずっと環境が悪かった。それこそ私は同年代で親しい相手を作ることが出来ない状況だった。

だからなんだろう、こうして喋る相手がいるのは楽しいと少しだけ気分が高揚している。

私個人としては嬉しいけれど、王妃の侍女として情報収集が出来る相手がいるというのも重要なことだ。

どんなに些細《ささい》なことでも何かしらの重要事項へとつながることもあり、周りと世間話をすることは大事だもの。

「最近、実家から手紙が届いたの」

それは普通の世間話をしていたはずだった。

穏やかに会話をしているその中で、近づいてくる気配があることが私には分かった。

誰かがこの場に近づいてきている。

その事実に気づき、私はルベライトさんのことを頭に思い浮かべてしまった。ルベライトさん以外の気配はこんな風に普段通り感じ取ることが出来るのだ。私の感覚が鈍っているわけでは決してない……。

自分の魔力を薄く伸ばし、誰かが近づいてきていることを微《かす》かに感じ取る。

ほとんど誰も来ないはずの場所なので、そもそもこの場に複数の足音が向かってきていることと自体がおかしかった。

「イトーティラさん、この場は危険かもしれません。今すぐにでもここから——」

私が真っ先に行ったことは、イトーティラさんの安全を確保することだった。

だってこうして喋るようになった相手が大変な目に遭うのは私は嫌だと思っている。だからそう口にしたのだけど、その言葉は最後まで紡《つむ》がれることはなかった。

頭への大きな衝撃と共に、私の体は傾く。

「なにを……！」

なんとか体勢を整えながら、私は後ろを振り向く。そこには顔を青ざめさせているイトーティラさんの姿が映る。

どうして——と驚愕《きょうがく》しながら、彼女を見る。

イトーティラさんは部屋の中にあった小さな置物で、私の頭を思いっきり殴りつけていたのだ。

それを理解した瞬間、動いた。

私はすぐさま、戦闘態勢に移行する。つい先ほどまでは守らなければならなかった相手ではあるが、危害を加えられてしまったらそうはいってられない。

どうしようかと一瞬考える。

だけど熟考している暇はないので、すぐさまイトーティラさんに向かって蹴りを入れた。お腹《なか》へと思いっきり衝撃を与え、意識を失わせる。

そうしている間にも私の頭は朦朧《もうろう》としてくる。

流石に頭に強い衝撃を受ければ、私といえどそのままではいられない。

フィオーレ様から、薬の一つでももらっていればよかった。痛み止めを切らしていたのにそのままにしていたなんて……と自分に腹が立つ。

そんな少しの後悔をしながらも、私はその場から急いで去ることにする。

頭に強い打撃を受けたこともあり、体はふらついている。

近づいてくる気配がこちらに到着するまでにどうにかしなければ……と、ひとまず部屋を出て逃げる。

これからどこに逃げ込むべきか。

それを私は思考する。

どこかでひとまず体を休める必要がある。

そのまま空き部屋へと忍び込む。倉庫のようなその場所で座り込み、一息吐く。

「……少し気を抜きすぎたわ」

床に座り込み、少しだけ休息をとる。その間にバタバタと、廊下を歩く複数人の足音が聞こえてきた。

「どこに行ったのかしら？」

「それにしても女性一人をとどめておくことも出来ないなんて平民は本当に役に立たないわ」

そんな声が聞こえてくる。

その言葉は私だけではなく、協力者であるはずのイトーティラさんのことも蔑《さげす》んでいるようなものだった。

やっぱり私のことを探している。結局、私に何をしようとしていたかは分からないけれど、ろくなことではないわよね。

油断していた私が悪いのだけど、イトーティラさんがこんな行動を起こしたのにはどんな理由があるのだろうか。おそらく私が巻き込んでしまって、こういうことになっているのだろうとは思う。その場に置いてきてしまったので、もしかしたら貴族令嬢がイトーティラさんに何かしでかす可能性もある。

私はそんなことを考えて、複雑な気持ちになる。

私自身が狙われている状況下なのに、イトーティラさんと親しくしようとした私が悪かったのかもしれない。

そんなことを考えながら、ただただ瞳を閉じてしまいたくなる。ずきずきと痛む頭が、私の意識を奪おうとしている。

誰かに直接助けを呼ぶべきであろうか？　だけれども下手《へた》に弱みを見せるわけにはいかないわ。

そう決意して大きく息を吐く。頭の隅っこで、ルベライトさんの顔が浮かんだ。

きっと私がこういう状況であると知ったら、助けてくれるとは思う。ただし何者なのか分からないから、助けてもらったら何かしら対価を求められたりするのだろうか。

困った時は魔力を込めればいいと言っていたけれど……そもそも信用できるかどうか分からないものね。明確に味方だとそう言える相手は……フィオーレ様だけなのだから。

そのままうつらうつらとしてしまう。視界が定まらない。

その時、にゃぁんと鳴き声が聞こえた。

視線を向けると、そこにはよく見かける灰色猫の姿が映る。

「猫ちゃん……」

私がそう声をかけると、猫ちゃんは私に近づいてくる。

手を伸ばすと、珍しく猫ちゃんは私が頭を撫《な》でるのを許してくれていた。

鳴き声をあげるその姿は、どこか私を心配しているように見える。その様子に私は小さく微笑む。

「猫ちゃん……、少しだけ目を瞑《つぶ》るから、私が目を覚ますまで此処にいてくれる？　誰か来たら鳴いてくれると助かるの」

私はそう口にすると、一旦、瞳を閉じる。その最中に見えたのは私に寄り添っている猫ちゃんだけだった。

＊

瞳を閉じたヴェルデは、夢を見ていた。

それが夢だというのをヴェルデは理解していた。なぜなら——その光景はもう見ることの叶わない幼い頃に暮らしていた場所だから。

「ヴェルデ様、今日は何をなさいますか？」

小さな集落で、ヴェルデは生きていた。

それは木々が生い茂る自然豊かな森の中。彼女はその場所でのびのびと生きていた。

ヴェルデは森の中を走り回ることが好きだった。裸足《はだし》で無邪気に走り回っていたヴェルデにとってその森は庭ともいえるような場所だった。

その森の背後には巨大な山がそびえている。

その山も含めて、彼女にとっては幼い頃からよく赴《おもむ》く場所でもあった。

ヴェルデはそうして暮らす日々を愛していた。

両親や幼い頃から知っている大人や一緒に育ってきた子供達。

そこにあったのはどこまでも優しい世界だった。その暮らしが延々と続いていくだろうと幼い頃の彼女は当たり前のようにそう思っていた。

「ヴェルデ、大きくなったら貴方にも大切な人が出来ると思うわ。その時は、きちんと考えた上で私達のことを話すのよ」

走り回り疲れて、家でうとうととしているヴェルデに母親はそう口にした。

ヴェルデは毎日のように走り回り、規則正しい生活を行っていた。帰宅すると、いつも優しい母親と父親がヴェルデのことを迎えてくれた。

「……うん」

眠たそうに目をこすりながら、幼いヴェルデは頷く。

「そうしないと――」

母親の言葉を聞きながら、いつの間にか眠りにつく彼女。

穏やかに過ごしていた日々が、突然終わりを告げたのは――当たり前の日常を過ごしていたある日のことだった。

夢の中のヴェルデの視界は――真っ赤に染まっていた。

そして聞こえてくるのは、大切な人達の悲鳴。日常というものは、もろく崩れ去ってしまうもの。

ヴェルデはその日、それを思い知らされた。

「……おかあ、さん」

小さな言葉を発して、現実のヴェルデは魘《うな》されている。

そんなヴェルデは誰かに抱きかかえられている。そしてそのヴェルデを抱えている存在は、不思議な暗闇の中を移動していた。

ヴェルデの目が覚めていたら、それはもう騒いだことだろう。

なぜなら、そこはまるで現実だなどと思えないほどの不思議な真っ暗な空間だったのだから。

光一つない闇の中、意識のないヴェルデを抱えたその存在はその場を移動し、そして闇からはい出る。

そうすれば普段通りの王城の光景が、その場には映る。

そこは丁度、フィオーレに与えられている部屋の前である。

そのヴェルデを運んだ存在は、ヴェルデをゆっくりと床へと優しく降ろす。そしてそのまま壁に寄りかからせると、その姿を変貌させる。

そしてその存在は、ヴェルデの存在を知らせるかのように鳴いた。

＊

「ヴェルデ！」

夢うつつだった私は、自身の名前を呼ぶ声にぱっちりと目を開ける。

「……フィオーレ様？」

自分の名を呼ぶのがフィオーレ様だと気づき、私は問いかけるように言葉を発する。

目の前には険しい表情を浮かべているフィオーレ様がいる。

私はベッドに寝かされているみたい。そして此処はフィオーレ様の部屋。

ぼうっとしていた私は自分の状況に気づき、はっとして声をあげる。

「私、どうして此処にいるのですか？」

真っ先に疑問に思ったのはそれだった。

私の記憶ではイトーティラさんと話している間に、貴族令嬢がやってくる。そしてその後に、イトーティラさんに強打され、そのまま空き部屋に逃げた。そこで瞳を閉じ、意識を失ったはずだ。

そこで猫ちゃんと遭遇した。

たまに見かけることがあり、交流を持っていたあの不思議な猫ちゃんに見守られていた記憶はあるけれど……。

その後、どうして私が此処にいるのかが分からない。

それに加えて頭の痛みも引いている。これに関しては眠っている間に回復したともいえるけれど……。

なんというか、色々と不可解だ。

「部屋の前で倒れていたのよ」

「……そうなのですか？　私が意識を失ったのは別の場所なのですが」

私はフィオーレ様の言葉に驚いてしまう。まさかひとりでに意識を失っている間に移動しているなんてことはありえない。

だけれどもフィオーレ様が嘘《うそ》を吐くはずもないので、よく分からない気持ちになった。

「そうなの？」

「誰かが、私のことを運んでくださったのでしょうか……？」

「そうなのね。どなたが連れてきてくださったのかしら」

「何か変わったことなどありませんでしたか？」

私はどうして此処にいるのだろうかというのを知りたくて、フィオーレ様に問いかける。

フィオーレ様は思案した表情で告げる。

「そうね。変わったことと言えば、猫の鳴き声が聞こえたことかしら。あまりにも鳴くものだから、気になって見に行ったの。そしたら貴方が倒れていたの」

「……そうですか」

そう口にして、私はあの猫ちゃんについて考える。

あの猫ちゃんは人の言葉を理解しているように見えた。私のことを此処まで運んだのが誰かは分からないけれど、あの猫ちゃんが関わっているのだろうか？

私にはどうあの猫が関わっているかは想像もつかない。だけど私がフィオーレ様の部屋の前に倒れていた理由があの猫ちゃんしか思い浮かばない。

「それで何があったの？」

フィオーレ様は考え込んでいる私に問いかける。

「親しくなった侍女についていった先で、頭を強打されました。そのまま人が近づいてくる気配があったのでその場から逃げ、空き部屋でひと眠りしました。その時に……部屋の中で鳴いていた猫と会いました。そして目が覚めたら此処にいたので、あの猫が何かしら関わりがあるのではないかと思うのですが……」

私が説明をすると、フィオーレ様は困ったような表情を浮かべている。

「そうなのね。貴方から城内にいる猫の話は散々聞かされてはいるけれど、猫がどうやってヴェルデを此処に運んだのかしら？　猫の飼い主が運んだとしてもどなたなのかしら？　ヴェルデを助けていただいたお礼を言いたいのだけど……」

「そうですね。私もお礼は言いたいです。あの猫に次に会った時に、聞いてみようと思います」

「猫に確認して分かるのかしら？」

「おそらくあの猫は、人の言葉を理解しているように思えますから」

私がそう口にすると、フィオーレ様も眉を顰めている。ただの猫が、人の言葉を正しく理解しており、確認すれば分かると言っていることが疑問なのだろう。

私もあの猫ちゃんと実際に関わりがなければこんな風には思わなかっただろう。

それにしても懐疑的でも、私の言った言葉だからと信じてくれようとしているフィオーレ様のことが本当に好きだなぁと思う。フィオーレ様のような主でなければ、私はこんな猫ちゃんが言葉を理解しているというのを言えなかっただろうから。

こんな素晴らしい方に仕えられることが私にとってこの上ない喜びであることは間違いない。

「その猫についてはこれからこちらでも調べるわね。あと貴方の言っていたルベライトさんについてだけど、陛下が何かご存じのように見えたわ」

「……陛下が？」

フィオーレ様の言葉に私は驚いてしまった。

ルベライトさんのような方が、陛下と関わりがあるというのがぴんと来ていなかった。

だってあんな風に自由気ままな方が冷酷と噂の陛下と一緒にいて、怒らせたりしないだろうかと思ったのだ。

流石にルベライトさんも陛下の前ではもっと大人しくしているのだろうか？　そんなルベラ

イトさんなんて正直言って想像もできない。

なんだろう、勝手な願望だけどルベライトさんにはいつでもあの調子でいてほしいなと思う。

そんなことを勝手に期待するなんてルベライトさんには迷惑だろうけれど……。

「そのことも踏まえて陛下にお聞きしたいことは山ほどあるのだけど、どこまで聞いていいのかしら……。今回、ヴェルデのことを傷つけた方には罰は与えるべきだとは思うけれど、その呼び出した子に関しては別よね。それに証拠がないとしらばっくれる可能性も高いわ。ヴェルデのことを連れてきてくださった方が証言してくれればいいのだけど」

フィオーレ様はそう口にしながら、悩ましい様子を見せる。

今回の一件は王妃の侍女が害された事件であるので、処罰はされるべきであるとフィオーレ様は思っている。とはいえ、私を強打した平民の下働きだけ処罰されることも、指示をした者がしらばっくれることも可能性としては考えられた。

「フィオーレ様、お怒りですか？」

「もちろんよ。ヴェルデに何かあるのはとても悲しいもの」

表情は穏やかなままだけれども、フィオーレ様はお怒りだ。

その様子を見て、私は小さく笑ってしまう。こういう状況でも、フィオーレ様が私を心配してくれていることがただただ嬉しい。

「ヴェルデ、何を笑っているの？　私は貴方に何かあったら悲しむわ。そして貴方を奪った人を私は許さない」

「はい。……私もフィオーレ様にもし何かあれば何としてでも貴方を傷つけた方は排除します」

「ふふっ、そうよね。私もそう」

互いに目を合わせて、小さく笑い合う。

今はまだ互いに無事だからこそこうだけれども、私はフィオーレ様に何かあれば絶対に許せない。そしてそれはきっとフィオーレ様も一緒だと思う。

私にとって、フィオーレ様は一番大切な人だから。

「私はまだ貴方のおかげで危険な目に遭ってもどうにかなるかもしれない。……でも貴方自身はそうではないのだから、本当に気を付けてね？」

「……はい」

フィオーレ様の言葉に、私は頷くのであった。

＊

「陛下、どうして私の侍女のことをそのようにまじまじと見ているのでしょうか？」

私が危険な目に遭った数日後、国王陛下とフィオーレ様の交流が行われている。私はその後ろに控えていた。そんな私のことを国王陛下はなぜか見ている。それに気づいたフィオーレ様が国王陛下に問いかけていた。

今日はお茶会ではなく、フィオーレ様の希望により庭園を歩いている。なんだかんだ陛下もフィオーレ様から誘われると断らないあたり、良いことだなと思う。これだけ親しくなれるなんて流石よね。

今まで密室で二人はお茶会をしていただけだったから、こうして周りから見られる場所で親密さを見せることは大きな一手だものね。

フィオーレ様は庭園をいつも歩き回っているため、庭師達とはすっかり親しい仲である。お二人が庭園を歩くさまを庭師達は笑顔で見守っている。それは私も同様である。

「いや、なんでもない」

「そんなに見つめて、何でもないことはないと思うのですけれど。ヴェルデに聞きたいことがあるのでしたら、お聞きくださいませ」

「国王陛下、何か御用でしたらお聞きください。なんでもお答えします」

私はフィオーレ様の言葉に続いてそう問いかけるが、それ以上、陛下は何も言わなかった。聞きたいことがあるのならば、聞けばいいのにと思う。

フィオーレ様もそれ以上追及をすることはなかった。気になってもどこまで陛下に聞いていいか分からなかったのだろう。

「陛下、こちらの一角は許可いただいて私とヴェルデで世話をしておりますわ」

「……王妃自らか？」

「ええ。私は昔から植物を育てるのが好きですの。陛下にもよろしければ私の育てた物をお渡ししたいですわ」

「……構わない」

「ふふっ、なら良かったですわ。準備をしてお渡ししますわね？」

基本的に話しかけているのはフィオーレ様からばかりだ。陛下はあまり自分から口を利くタイプではないのだろう。

だけど会話は成立しており、陛下の表情は嫌そうには見えない。フィオーレ様のことを少なからず受け入れているのではないかと思う。その様子を見ていると私はほっとする。

そんな中でふと、遠くで動く何かが目に留まった。それはつい先日の一件に関わりがあるあの猫ちゃんである。

「一瞬、席を外してもいいでしょうか？」

猫ちゃんに気づいた私はそう問いかけた。

「構わないわ。陛下もよろしいでしょうか？」

「ああ」

お二人が許可を出してくださったので、私は先ほど猫ちゃんを見かけた場所へと向かう。

……そういえば、あの猫ちゃんも全然気配を察することができない。視覚で確認しないと分からないなんてどうなっているのだろうか。本当に悔しい。

そんなことを考えながら、私は猫ちゃんを追う。四本足で駆ける猫は素早い。

「猫ちゃん、待って！」

木の上に登り、そのままぴょんぴょんと他の木へと乗り移ろうとする猫ちゃん。その後ろ姿に声をかけるが、猫ちゃんは立ち止まる気はなさそうだ。

猫ちゃんはそのまま私から逃げて行こうとしている。普通に考えれば追いつけないだろう。

私はあの猫ちゃんを捕まえるためにはどうしたらいいだろうかと、思考を巡らせる。

あの猫ちゃんの足を止めるには――と思考して、一つのことを思い起こす。そして私は行動を起こした。

「きゃっ」

声をあげて、私は躓《つまず》き、転ぶ。

地面へとうつぶせになって、少し待つ。

そうすればのっそりと近づいてくる足音を聞く。

近くに寄ってきた気配と、何かが触れてくる感触に私はばっと顔をあげる。そのまま猫ちゃんに手を伸ばし、捕まえる。

「猫ちゃん、捕まえた」

私は満面の笑みで言い切る。そして両手で猫ちゃんを抱える。そうすれば猫ちゃんは私の腕の中でバタバタと暴れ始めた。

「そんなに暴れないで。爪が当たって私が怪我しちゃうわ」

私がそう口にすると、ぴたりとその動きが止まる。赤い瞳が、私を見上げている。

その様子を見て、思わずと言ったように私はくすくすと笑い声をあげてしまう。

「猫ちゃん、やっぱり私の言葉分かってるのね？　それに怪我をさせたくないなんて猫ちゃんは優しいね。いい子」

そう言いながらにこにこして、頭を撫でる。

抵抗することを諦めたらしい猫ちゃんは、私の腕の中で大人しくしている。なんだかそれが嬉しくて自然と笑顔になる。

初めて見かけた時はなんなく逃げられてしまった。その後、こうやって私のことを受け入れてくれているのは、これまでの積み重ねだろう。

「猫ちゃん、とても肌触りがいい。ずっと触っていたいぐらい」

私がそう口にすると、拒絶するように猫ちゃんはにゃっと鳴いた。

おそらく今だけは許可するが、常に撫でさせたりはしないなどと思っているのかもしれない。

この猫ちゃんは本当に分かりやすい。猫ちゃんの様子が分かりやすくて、本当に面白いなとそう思う。

「ごめんごめん。じゃあ、たまに撫でさせてね？　猫ちゃんは此処で何をしているの？　今ね、

フィオーレ様と国王陛下がこのあたりにいるからあんまりうろうろしちゃだめよ？　この国では猫を大切にしているとは聞くけれど、あんまり無礼な真似をすると大変なことになってしまうかもだからね？　フィオーレ様は慈悲深くてお優しい方だけれど、陛下に関しては分からないからね。だから特に陛下の前では気をつけるのよ？」

頭をなでなでしながら、私は口にする。

どさくさに紛れて耳などを触っているが、今は許されているみたい。

私はこういう小さくて、触り心地が良い生き物が好きだ。幼い頃は森の中でそういう生き物たちをよく撫でていた。

だからこうやってもふもふとした毛並みを撫でていると、思わず笑みがこぼれてしまう。

「あと猫ちゃん。この前はありがとう。私のことを助けてくれたでしょう？」

そう言いながらじっと、私が猫を見るとにゃっと小さく鳴く。そっぽを向いている。私と目を合わせようとはしない。

（……この猫ちゃんは何を考えているんだろう？　私のことを助けてくれたのだとは思うけれど、猫がどうやって？　誰か人を呼んでくれた？）

じーっと、私は猫ちゃんを見つめる。

「猫ちゃんはどうやって私を――」

そして問いかけようとする。

「ヴェルデ、誰と話しているの？」

その時、フィオーレ様の声が私の耳に届いた。

「えっと……」

猫ちゃんを抱えたままだったので私は一瞬戸惑いを見せる。

そうしている間にフィオーレ様と陛下が近づいてきた。

「まぁ、猫？」

「……えっ」

フィオーレ様の弾んだ声と、陛下の驚愕したような声がほぼ同時にその場に響く。こんな表情を陛下がするのはなぜだろうか？

「えっと……フィオーレ様、この子が例の猫です」

私は猫ちゃんを抱えたまま、紹介する。残念ながら名前は分からないので、ひとまずこんな紹介になった。

「まぁまぁ！　そうなのね？　愛らしい猫ね」

フィオーレ様は嬉しそうに声をあげ、手を伸ばす。そうすれば、猫ちゃんはその手を払いのける。なんてことを！

フィオーレ様の絹のように滑らかな真っ白な肌が傷ついたらどうするつもりなのかしら！

「猫ちゃん！　フィオーレ様にそんなことしちゃ駄目！」

慌てて私は声をあげる。

思わず素が出てしまっているのは、これでフィオーレ様が怪我してしまったら……と心配したからだ。幾ら猫ちゃんであろうともフィオーレ様を傷つけるなんて許されないもの！　私がキッと睨みつけても猫ちゃんは素知らぬ顔だ。

「貴方は私に撫でられたくなかったのね？　ごめんなさい」

フィオーレ様はそう告げると、そのまま私の方を向いて続ける。

「ヴェルデ、この子は私に怪我をさせないようにしてくれていたから、大丈夫よ。聞いていた通り、優しい子みたいね？」

そう言ってフィオーレ様がくすくすと笑っているのを見て、私はほっとする。

そしてその時、ふと私は陛下の方に視線を向けた。

その陛下は固まっている。私がなぜそんな表情をしているのだろうと訝《いぶか》しんでいるとフィオーレ様が声をかける。

「陛下、どうかなさいましたか？　この猫をご存じで？」

「……知っている。どうして、王妃の侍女の腕の中に？」

陛下はそう口にして、じーっと私の腕の中にいる猫ちゃんだけを見ている。

基本的に陛下は冷静な人だ。それは私が実際に見ている陛下もそうだし、王城内で情報を集めた中でもそうだった。

陛下のこういう姿を見るのは初めてで、何を言いたいのかもよく分からず不思議だ。

猫ちゃんって、本当に陛下と関わりがあるのね。でもどうして私が抱きかかえているだけでこれだけ驚いているのだろうか。

そんな疑問を感じながら、腕の中の猫ちゃんのことを見る。猫ちゃんはその美しい赤い瞳を、不遜なまなざしを陛下に向けている。……こんな視線を向けるなんて駄目だわ。

「猫ちゃん、陛下にそんな視線向けちゃ駄目だよ？」

猫ちゃんが何かしら罰せられたらどうしよう！　とそう思って注意する。

私がそうやって声をかけると、猫ちゃんは私の腕から抜け出していった。そしてあろうことか、陛下に近づくとそのまま足へと飛び掛かる。

「猫ちゃん!?」

私は慌てて声をあげる。だってあまりにも無礼だった。そして、私は陛下の方を向くと慌てて頭を下げた。

「陛下、その猫のことをどうか許してください！　きっと悪気はないはずなのです！」

猫ちゃんが処罰されることがないようにと、私は必死になってしまう。

「頭を下げる必要はない。このか……」

陛下が何か言いかけた時に、猫ちゃんが陛下の両足へとさらなる攻撃を繰り出した！

私は猫ちゃん、何やってるの！　と慌ててしまうが、下げた頭を上げるわけにもいかずに困惑する。

猫ちゃん……、本当にそんなことをしたら駄目なのよ？

「……この猫に関しては俺も昔から知っている。罰することなどないから、安心するといい」

陛下がそう言ってくださったので、私は安堵《あんど》して息を吐き、顔を上げる。そうしているうちにいつの間にか猫ちゃんはそのまま走り去ってしまった。

もう！　本当にマイペースなのだから！　陛下が許してくださったからこそ良かったけれど、そうじゃなかったら今頃死んでいたかもしれないのにと思ってしまう。

「王妃の侍女は……あの猫と親しくしているのか？」

「たまに話しかけたりしております」

陛下の問いに私は答える。私の言葉を聞くと、陛下は何か考え込むような表情を浮かべていた。

あの猫ちゃん、本当に陛下とどういう関係なのだろう？

「陛下、そういえばそれについてですが一点ご報告がありますの。ヴェルデが襲われたのですわ。きちんと情報収集をした上で陛下にお伝えしようと思っていたので、少し遅れてしまったのですが」

猫ちゃんの話題から自然な流れでフィオーレ様が話を切り出した。フィオーレ様の言葉を聞いて、陛下は驚いた表情を浮かべている。

なんだかあの猫ちゃんのことといい、陛下が今まで見たことがないような表情を沢山見せている。本当に不思議で、よく分からない。あの猫ちゃん、この城に居ついて長いのかしら？　いつからいるのだろう？

私はそんなことを思いながらも、お二人の会話を見守る。

「……襲われた？」

「実行犯はイトーティラという下働きですが、彼女に指図したのは伯爵令嬢である侍女だと調べはついておりますわ。その時に、あの猫に私のヴェルデは助けていただいたようなのですわ」

「……そうなのか」

「ええ。ついでに言うと、私に対する嫌がらせも激化しておりますわねぇ。陛下は私に関心がないのでご存じないかもしれませんが」

笑顔のままさらりっとそんなことを告げるフィオーレ様。

こういうことを笑顔で言い放つあたり、フィオーレ様らしい。

「いや、食事が抜かれがちなことなどは把握しているが。ただ何も言ってこないので放っておいた」

「まぁ！　そうなのですわね？　私としては大元の元凶を叩きたいので、細かい件に関してはよろしいですわ。ただヴェルデが危険な目に遭うのは嫌ですの。あとは陛下が私をこのまま王妃としてとどめていて問題ないと思われるのでしたら、一言通達はしていただきたいと思いますわ」

陛下の冷たい発言を聞いても悲しむことなく、フィオーレ様はいつも通りだ。この程度の態度は予想通りなのだろう。

「通達？」

「はい。私のことを王妃として認めると、それだけで構いませんわ。それだけで嫌がらせの大半はやむのではないかと思います。それでもまだ来るようなら、そのまま叩き潰《つぶ》しますもの」

「分かった。なら、通達はしておこう」

陛下が頷けば、フィオーレ様は益々笑顔になる。

「ふふ、それは私を王妃としてとどめてくださるということですわね？　きちんと、王子を産む役割もしたいので、夜もよろしかったら来てくださいませ」

「ぶっ、急に何を言っている！」

「あら、動揺なさっていて可愛いことですわ。これから私が王妃として末永く過ごしていくのなら、それも必要なことですわよ？」

会話は完全にフィオーレ様のペースである。

陛下に対してこれだけの言葉を口にしても問題がないと、そんな風に感じ取っているからだろう。

陛下はフィオーレ様の相変わらずの様子に呆れた視線を向ける。だけど、笑った。なんだかんだフィオーレ様に心を許しているのだろうというのが分かって、私は嬉しくなった。

フィオーレ様は本当に素晴らしい方だわ。これだけ陛下と心を通わせることが出来るなんてっ。フィオーレ様がこの国の本当の王妃として君臨するのも間もなくだわ。

きっとフィオーレ様ならばその望みを叶えるだろうと、私は確信している。だって私の敬愛するフィオーレ様だもの。

＊

「グート様！　どこかにいらっしゃったら来てください！」

自室のベッドに腰かけて、俺、ルードヴィグは思わず声を張り上げる。

その呼び声は、グートと呼ばれる存在を呼び出すためのものである。

しばらく声をあげつづける。

そうすれば、窓から一匹の猫が入ってくる。それはあの王妃の侍女が抱えていた灰色の猫

――グート様である。

躊躇せずに窓から進入したグート様は、一人掛けのソファの上に座り込むと、その赤い瞳でじっと俺のことを見ている。

「そんなに大声で呼ばなくても、聞こえている」

呆れたように言われて、はっとする。

「……申し訳ございません。グート様。お聞きしたいことがあり、確認させてもらえればと思います」

俺はすぐさま謝罪を口にして、そのまま続ける。

「なぜ、王妃の侍女とあんなに親しくしているのですか？　気にかけていることは存じておりましたが、まさか抱きかかえられるのを許可するとは……俺だって、抱きかかえさせてもらえないのに！」

グート様は中々、抱きかかえさせてくれない。撫でたりしたのも、随分昔である。なのになぜ、出会ったばかりの王妃の侍女に？

「なんだ、それであの時、変な顔をしていたのか」

「変な顔とはなんですか！　動揺するのは当然でしょう。グート様はそもそもあまり人前には姿を現さないでしょう。あの侍女の様子を見る限り、かなりの頻度で姿を現しているのでしょう？　ちゃんと説明をしてください！」

大きな声をあげて、思わず抗議するようにそういう。

俺のことをグート様は、面倒そうに見ている。わざわざなぜ、説明をしなければならないのかとでもいう風だ。

「グート様！」

きゃんきゃん吠《ほ》える犬か何かのように、グート様に説明してほしいと懇願する。本当にこの方の前だと、ペースが崩される。

「私がどこで、誰に近づこうが自由だろう。まさか、私に指図するのかい？」

不機嫌そうにグート様がそう言った。俺はそれを聞いて、慌てて口を開く。

「滅相もない！　グート様にそんなことを言う権限は俺にはないです！　ただこれからのことも考えて、侍女のことを貴方様が大切にしているのならきちんと共有してくださいというそれだけです」

「そうか」

「そうです。俺には分かりませんが、それだけグート様を引きつけるような何かがあの侍女にはあるのでしょう？」

「そうだな。ヴェルデは面白い」

グート様がそのようなことを言うので驚いてしまう。

そもそもの話、グート様は他の生物に関する興味はほとんどない。だから名前なども覚えない。俺の名前は覚えてくれているが。それなのに、あの王妃の侍女の名は簡単に呼ぶなんて……。

グート様にとっては名前を覚えて、呼ぶというだけでも特別な証《あかし》だ。俺はそのことを知っている。

「ルードヴィグはあの王妃をそのまま妻として受け入れるつもりなのだろう？」

「……そうですね。今のところは。特に王妃と離縁する理由がありませんから」

俺はグート様の言葉にそう答える。

正直言って、王妃に関する感情は悪くはない。女性は基本的に苦手だ。俺の地位や見た目に寄ってくるような連中が主だった。

王妃に関して言えばその容姿も、性格も——今まで会ったことがないタイプである。だから興味がないわけではない。とはいえ初対面の時よりは関心を抱いているのは確かであるが、それ以上の感情はない。

「ふむ。人は面倒なものだ」

「……そうですね。特に俺は王族ですから、そのあたりは自由にはいかないものです」

「だがヴェルデの仕えている主であるのなら、王妃も面白いだろう。君の妻としては相応しい者だと思うが」

「……グート様、王妃の侍女に対する信頼が厚すぎません？」

グート様がどこまでも楽しそうで、俺は何とも言えない気持ちになる。

いや、だってグート様は俺が望んでも中々やってきてくれたりしない。俺はグート様と話したいとそう思っているのに……。どうして長い付き合いである俺よりも、王妃の侍女に会おうとしているのだか……。

　俺のそんな感情に気づいたらしいグート様が言う。

「君がそんな顔をしても可愛くはないな」

「大の男が可愛いわけないでしょう。何を言っているのですか……」

「いや、ヴェルデだと可愛いだろうなと」

「……本当にあの侍女のことを気に入っているのですね？」

　俺はそう口にしながら、つい先ほども見かけた王妃の侍女を思い浮かべる。

　黄緑色の柔らかな髪をおさげに結んでいる。その緑色の瞳は意志が強く、常に王妃への忠誠心を露《あら》わにしている。

　俺の知っている王妃の侍女は、模範的な侍女としての様子でしかない。

　それ以外の場では、違うのだろうかと思考してみる。

　そう言えば確かにグート様に話しかけている時は、俺が普段見かけているのとは全く違う様子は見せていたが。確かにそういう部分は……グート様が気にする要因にはなるのかもしれない。

　俺が考え込む様子を見せていると、シャーッと威嚇《いかく》の声をあげられる。

「グ、グート様、なんですか！」

「急に気に食わなくなっただけだ。気にするな」

「気にします！　グート様にお怒りを向けられたらどれだけ大変なことになることか……！」

俺はグート様の行動に思わず慌ててしまう。だけど、グート様は素知らぬ顔をしている。

「それで、話はヴェルデのことだけか？」

「……そうですね。貴方様が王妃の侍女のことをどう思っているかと、先ほどのことを確認したかっただけですから」

「そうか。なら、私はもう行く」

グート様がそう告げたかと思えば、その場に影が現れる。

そして驚くべきことにグート様の体はそのまま影の中へと吸い込まれていった。その様子を見届けて、俺はふぅっと息を吐く。

本当にグート様は気まぐれだ。俺に対しては少なからず好意的である……とは思うが。

でもそんな俺でさえ、グート様と話すことは中々出来ないのに。本当にどうしてあれだけ王妃の侍女を気にしているのだろうか……。あの侍女にはグート様が気にするだけの何かがあるる？

俺はそんなことを思考するのであった。とはいえ考えたところで何も分からないのであった。

第四章　姫様と私は建国祭で闘う。

「フィオーレ様、こちらはどうなさいますか？」

「そうね……。これに関しては……」

フィオーレ様が忙しく周りへと指示を出している。

何をしているかと言えば、私達にとっては喜ばしいことに陛下から「建国祭の式典に王妃として出るように」とフィオーレ様が言われたためである。

お飾りの王妃という立場のままで、フィオーレ様という存在が認められなければこのようなことは任されることはなかっただろう。

現在のフィオーレ様と陛下の距離は、それなりに近づいているがそれだけという状況である。

とはいえ、フィオーレ様が望んだ通り陛下は城内への通達は行ってくれた。

そのため比較的、フィオーレ様の暮らしは良くなったと言えるだろう。

建国祭に向けて準備をするという名目で、陛下の名の下に新しく侍女が複数名つけられている。

彼らはグランデフィールの中でもそれなりに発言力のある者達ばかりのようだ。それにその侍女達は平民である私に対しても丁寧《ていねい》な対応を示してくれている。

そういう状況下であるが、フィオーレ様に対する反感を抱《いだ》いている者達はまだまだ存在している。

陛下の名で通達がされた後も、そういう態度を取っている人達はよっぽどフィオーレ様のことが気に食わないのかしら。……まぁ、観察している限りはフィオーレ様がというより、誰が王妃であろうとも気に食わなそうだけど。

私はそんな思考をしながら、先日の一件のことを考える。

私の頭を強打したイトーティラさんに関しては、穏便な形での退職になった。私は事件の当事者として文官から話を聞いた。驚いたことに脅迫を受けていたらしい。

――自分達の言うことを聞かなければ、家族を害する。それが脅迫の内容だった。

平民の身で王城勤めであるイトーティラさんは、貴族の声一つでどうにでもなる運命にある。それだけ身分差というのは大きい。

もしかしたら脅迫を受けた段階で上司に相談するなり出来れば別だったかもしれない。実際にイトーティラさんの様子が普段と異なっていることは親しい者達には知られていることだったみたい。

イトーティラさんは現在、保護観察状態となっている。引き続き貴族達からの接触があるようならば、対応が必要だからだ。

それと実際にその脅迫を行った貴族令嬢達に関しては処罰された。私はその事実に驚いた。

だって貴族というのはそれだけ権力を持つ者だ。だから私の予想では、なんだかんだ蜥蜴《とかげ》の尻尾切りのように罰から逃れるのではないかと思っていた。

ただし脅迫をしても、王妃の侍女である私を害したのはイトーティラさんで彼女達ではないので謹慎や罰金といった軽いものだったようだ。

そう考えると、やっぱり……本当の意味で彼女達をどうにかするためには、それ相応の出来事がないといけないのよね。このまま引き下がってくれたら一番楽だけど……、きっとそれはあり得ないわ。

私はじっとフィオーレ様のことを見る。

建国祭で、フィオーレ様が王妃として表舞台に立つということは、グランデフィール国内でフィオーレ様が認められるということを指す。本当にフィオーレ様のことを妨害したいのならばきっとそこで動くだろう。

これまで散々、嫌がらせのようなものはされている。フィオーレ様の評判は上がっているとはいえ、それでも悪く言う者はいる。

……そんな中でもフィオーレ様は臆することなく立ち続けている。そういうフィオーレ様だからこそ、叩《たた》き潰《つぶ》すために本腰を入れて、とんでもないことをやらかしてくる可能性は高い。

私はそんなフィオーレ様のことを、絶対に守ってみせる。

＊

ところ変わって、とある屋敷の一室。

その部屋は質素である。最低限の家具しか置かれていない。そのベッドの上には、不健康なまでに細身の女性が横たわっている。その顔色は青い。

その隣には、茶色の髪の男性が痛ましそうに女性を見下ろしながら佇《たたず》んでいる。

「君は今日も眠ったままだ。いつになったら目覚めてくれるのだろうか」

そんなことを呟《つぶや》きながら、男性は頬《ほお》に手を伸ばす。

驚くほどに冷たい。だけれどもまだ確かに生きている。

その女性はかろうじて生きている状況であると言えるだろう。もうすぐにその命の灯《ともしび》を失ってしまいそうな女性。

……その傍《そば》に控えている男性は、女性の死を認められないのだろう。

ただ返答が来ないことを分かっていながら、声をかけている。

「私達の娘が悲しいことになっているのだ。あんなに愛らしくて、誰にでも愛されるべき存在なのに。娘が求めるのならば、それを与えるのが当然だというのに……」

そう口にしながら、拳《こぶし》を握る。

本当に心から、そのことを信じ切っているのであろう。

「……それなのにどうして陛下はっ！」

そしてあろうことか、この国で最も高貴な存在相手にそのような悪態を吐《つ》くことは望ましいことではない。

もし誰かに聞かれてしまえば、不敬罪を問われてもおかしくない。

この場で控えている者達が、それを王家に伝えることなどないだろうとそう確信しているのだろう。

「ああ、すまない。君にこのような姿を見せてしまって……」

そう言いながら、女性から手を離す。

そしてそれから独《ひと》り言《ごと》をブツブツとしはじめる。

その男性にとって、こうして女性に向かって何かを語りかけることは日常なのであろう。

「陛下はあの小国から嫁いできた王妃に心を許しているんだって。……娘があれだけ近づいても嫌がってばかりだったのにどういうことだろうね？　私達の娘は、幸せにならなければならないのに」

笑ったまま告げる。だけどその青い瞳は全《まった》く笑っていない。

……その言葉から、その男性が王妃になったフィオーレのことも、それを受け入れそうになっているルードヴィグのことも気に食わないと思っていることがよく分かる。

「王妃はね、とても愛らしいと噂《うわさ》らしいよ。その愛らしさをもってして、陛下の心を打ちぬいてしまったとそんな風に噂されていてね……。陛下は否定しているらしいけれど、驚くべきことに今度の建国祭に立つようだよ。それを認めている段階で、陛下はもしかしたら……このまま王妃を王妃のままにしておくつもりなのかもしれない」

ぺらぺらとただ、喋《しゃべ》る。

そこまで喋って一旦黙る。そして、口を開く。

「それだと、私の娘が……王妃になれない」

そう口にして、その男性は我慢が出来ないとでもいうようにそのまま女性に背を向ける。

横たわったままの女性は男性が幾ら言葉を紡《つむ》いでも、目を覚ます気配がない。

その事実に、男性は何とも言えない表情を一瞬浮かべる。

だけど、次は笑った。

「――君に、良い知らせがあるんだ」

そう口にして、微笑《ほほえ》む。

「これから、娘が王妃になる未来が私には見えるよ。そうなれば君もきっと幸せな気持ちになってくれるだろう。そうなれば――君だって……」

女性に向かって言葉を発する男性。

その不穏な発言は、周りに聞かれることなどなかった。

＊

「ヴェルデ」

「……ルベライトさん、何の用ですか？」

私は現在、忙しく動いている。

建国祭に向けて、私はフィオーレ様の侍女としてやらなければならないことが山ほどある。陛下から派遣された侍女よりも、フィオーレ様は私を信頼してくださっている。だから大事なことはいつも私に頼んでくださる。

そのことが私は嬉《うれ》しい。

フィオーレ様はいつだって微笑んでいる。穏やかで人当たりの良い笑顔で、人を味方につける。

だけれども、その内心は決して周りに心を許しているのではないのだ。

そう、フィオーレ様が王城で本当の意味で信頼している侍女は私だけ。それを実感すると、何が何でも――フィオーレ様の願いを叶《かな》えなければならないとそう思ってしまう。気合が入るのも当然のことだわ！

そんな忙しい中、ルベライトさんから話しかけられて何の用だろうかと思った。

「そう、嫌そうな顔をするな。傷つくだろう」

「思ってもないことを言わないでください。私は忙しいのです」

私は正直言って、ルベライトさんに構っている暇はない。

ルベライトさんは本当に以前と全く変わらない様子だ。王城に勤めているのならば、建国際に向けて忙しくしているはずだ。

だというのに……ルベライトさんはどこまでも普段通りの様子で過ごしている。その様子が気に障《さわ》ってしまう。

「建国祭の準備か？」

「はい。ルベライトさんは何をやっているのですか？」

「私か？　私は特に何も。ヴェルデを見かけたから話しかけただけだ」

「……そうですか」

返答からしても、ルベライトさんは明らかに暇を持て余しているように見えた。それを実感すると、私はやっぱり目の前のこの人がよく分からない……。

こういう時期でも暇そうにしているなんて、本当にルベライトさんは何なのだろうか。

貴族の放蕩《ほうとう》息子とか？　でもそれにしては……世間知らずというか、雰囲気がそうではないと思う。なら、何なのだろうか？

じっとルベライトさんを見つめると、目が合った。すぐに笑いかけられて、思わず視線をそらす。

ドキドキさせられて、ちょっと悔しい気持ちになる。

「そういえば、王妃は国王に珍しいものを渡したんだろう？」

「……それをなぜ、ご存じなのですか？」

ルベライトさんが笑みを浮かべたまま告げた言葉に、私は思わず警戒したような視線を向けてしまった。

フィオーレ様が陛下に渡したものに関する情報をルベライトさんが持っているというのはありえないことだ。

王族に関連する情報は周りに広まることがないようにされている。フィオーレ様自身も、陛下に対してその贈り物に関して他言無用だと言ったと聞いている。

それなのに、ルベライトさんが知っているなんて……。

陛下はそんなに口が軽いの？　そう思うと、私は陛下に対して疑念を感じてしまう。

私のフィオーレ様が陛下のことを信頼して渡したものなのに！　それにもかかわらず誰かに告げるなんて信じられない。やっぱりフィオーレ様に陛下は相応《ふさわ》しくないのでは？　どこか可《か》愛《わい》げがあるのだろうか？　と不敬なことを考えてしまう。だけどフィオーレ様は陛下のことを結構気に入ってらっしゃるのよね。

「どうしても何も、その場にいたからな」

「……その場にいた？」

私はよく分からない気持ちになる。

ルベライトさんは何気なく口にしているが、普通に考えれば王妃であるフィオーレ様が渡したものを知っていることなどおかしいことなのだ。

「ああ、まぁ、気にするな」

「……フィオーレ様が渡したものについてはご存じですか？」

「もちろんだ。あれはグアリートスだろう？　怪我《けが》や毒に効くとされている植物だろう。王妃がそんなものを持っていたことに驚いたからよく覚えている」

「……そうですか」

ルベライトさんの言う通り、フィオーレ様が陛下に渡したのはグアリートスと呼ばれる万能草である。その薬草は珍しいもので、それが一つあるだけで争いごとが起こる。

そんなものをフィオーレ様が人に渡せるほどに所有している。その事実を知られたら大変なことにはなるだろう。

それにしてもそんなものを陛下に渡すなんて……。フィオーレ様は私が思っているよりもずっと陛下との信頼関係を築けているのだなと実感する。

私はルベライトさんのことをちらりと見る。

この人は本当に……全くぶれない人だ。

「ルベライトさんは……不思議ですね」

「どこがだ？」

「グアリートスは珍しい薬草です。それを前にしても、ルベライトさんは何一つ変わらない。そういうところは珍しいと思います」

「そうか？」

私の言葉を聞いても、ルベライトさんは平然とした表情だ。

この人の前では、グアリートスさえも特別なものではないのだろうか。きっと他の人がその植物の名を聞いたら、それはもう騒ぎになるだろう。

――もしかしたら、この人は私のことを知ってもこの調子なのかもしれない。

そんな風に少し期待したい気持ちが芽生えた。だけどそれを口にする気はないけれど。といかそんなことは――所詮、期待するだけ無駄だと私はこれまでの経験から知っている。

「はい。フィオーレ様はそういう珍しい植物を持っています。そのことは周りに知られてしまうと大変なことになると分かっていたので隠していたのです」

「そうか。あの王妃は植物関係に精通しているようだな。魔力もそれに関連付けられるものに見えたしな」

簡単に、何気ないことを告げるかのようにルベライトさんはそんなことを言う。

その言葉を聞いたからこそ、私はやっぱり不思議な人だと思う。ルベライトさんはやはり魔法についても詳しいらしい。フィオーレ様のことにも気づいているなんて……それでいてそのことにあまり関心がなさそうな様子もよく分からない。フィオーレ様はあんなにも素晴らしくて、可憐《かれん》で――誰よりも素敵な女性なのだ。フィオーレ様にはこの国の人々が興味を持つような点がいくつもあると思う。それなのに、この人はフィオーレ様のことを何かしら知っていてもいつも通りの自然体なのだ。

私やフィオーレ様が知られると面倒だからと隠しているようなことも――知っているのではないかとそう感じてしまう。

「貴方《あなた》は人の魔力について見ているだけで分かるのですか……?」

そう口にして、思わず険しい表情になってしまう。

だってそんなことが出来る人がいるなんて信じられなくて、畏怖《いふ》を覚えてしまう。何気なく話していたルベライトさんが得体の知れない何かのように――そう思ってしまった。

それにフィオーレ様の魔力についても知っているということは、私の魔力についても知られているのだろうか。

そう考えると、思わず私は自分の胸元に触れてしまった。

私は自分の魔力のことも、魔法のことも人に知られたくない。そもそもそれは知られない方がいいことなのだ。

「なんとなくは。君が風に愛されていることは」

ルベライトさんはただ普段通り、そう告げる。本当にどこまで理解しているのだろうか。

「……そうですか。私のこともフィオーレ様のことも周りには言うのはやめてほしいです」

「国王にもか？」

「……それはあなたの判断に任せます」

私がそう口にするとルベライトさんは笑った。

「……ルベライトさんは、建国祭はどうしますか？」

「いつも通り過ごすだけだ」

「城内ではパーティーが開かれ、王都内でもお祭りのようになるのでしょう？　大切な人と共に出かける人も多いと聞いてますよ」

私がそう口にすると、ルベライトさんは一瞬何かを考えるような仕草を見せる。

建国祭はこの国にとって特別な行事である。

それこそ王侯貴族だけでなく、平民達でさえもそれを特別に思っている。王都内もお祭り騒ぎになり、賑《にぎ》わうというのは調べがついている。

「なんだ、ヴェルデが一緒に出かけてくれるのか？」

「いえ、私はフィオーレ様を見守るという重要な役割があるので貴方の誘いには乗れません」

何を言っているんだと、ルベライトさんの誘いを断った。

私にとってみれば、ルベライトさんと過ごすよりも初めての建国祭に挑もうとしているフィオーレ様の方が大事なのだ。初めての建国祭をその目に焼き付けなければならない。それはルベライトさんからの誘いよりもずっと重要なものだ。

ルベライトさんは誘いを断られてもただ笑っている。

ただし残念そうではあるが。

「では、王妃の許可があればいいのか？」

「……少なくとも今年は駄目ですよ。私はフィオーレ様のことを守らなければなりません。あの方は今、狙《ねら》われている立場にあります。だから、フィオーレ様の安全が保障されるまでは無理です」

残念そうなルベライトさんの言葉を聞くと、つい、そう言ってしまった。

そこまで口にして、こんなことを言わなければよかったかもしれないと後悔する。でも自然とこういう言葉が口から出たのは……私がルベライトさんになんだかんだ心を許してしまっている証《あかし》だろうか。……そのことを自覚すると、何とも言えない気持ちになった。

「なら、来年行こう。約束だ」

「……そうですね」

来年のことなど、現状は分からない。

そういう状況ではあるが、あまりにも嬉しそうにルベライトさんが笑うから……私は結局頷《うなず》いてしまった。

それに私自身が来年のことを考えてしまっていることも信じられない気持ちだ。

そんな先のこと――まだまだ分からないのに。

もし今年の建国祭を無事に終えたら、そこでフィオーレ様と陛下の距離も縮まるだろうか。

そうして王妃として認められたら――このまま この国に留《とど》まることになるだろう。

そうなったら――と、平穏な未来を想像してしまう。

ううん、そういうことを今は考えている場合ではない。一旦、頭の隅に置いておこう。その時のことはあくまで、その時に考えないと。

私はそう考えて、ふぅっと息を吐く。

「ヴェルデ、私は建国祭の時は暇をしているから、今度はちゃんとペンダントに魔力を込めて私を呼ぶんだよ」

「……考えときます」

私はルベライトさんの言葉にそう答えるのだった。

建国祭の時に暇をしている。だけれども王城を当たり前に歩き回っている。……この人って、ちぐはぐというか、どういう人なのか知った情報から結び付けることが出来ない。

この言い方だと本当に――ルベライトさんは私がペンダントに魔力を込めたら、すぐにやってきそうに見える。

「なら、来年を楽しみにしている。じゃあ、建国祭の準備を頑張れ」

ルベライトさんはそれだけ告げると、そのままその場から去っていく。

「……本当にあの人は、掴《つか》みどころのない人です」

一言で言ってしまえば、理解不能という言葉が合う。

私の出自などまでは、把握しているわけではないだろう。その状況でどうしてフィオーレ様ではなく、私を気にしているのだろうか？　……私と接触することでフィオーレ様の情報を探ろうとしている？　いや、それは多分違う。

ルベライトさんは私の名は呼んでもフィオーレ様の名は出さない。いつも、ただ王妃としか呼ばない。

……ということは、私自身に興味を抱いている？

それを実感すると、私は思わず顔を赤くしてしまう。次の瞬間に、私はぶんぶんと首を振る。そして気合を入れるように自分の頬を軽く叩き、その場を後にするのであった。

＊

グランデフィールの建国祭は、国民達にとっては特別な日である。

それはこの国の守護神とされているグラケンハイトが降臨したとされている日だからららしい

と、私は周りから聞かされた。

当然ではあるが、グランデフィール出身ではない私にはその盛り上がる理由は理解できない。

その日は、グラケンハイトが初代国王と出会い、国を築いた日。

グランデフィールの建国祭は守護神と初代国王への感謝を伝える意味があるものだという。

偉大なる守護神と、そして建国の国王はこの国にとっては何よりも特別な存在なのだ。

「グラケンハイト様に喜んでもらうためにパーティー会場を飾り立てているのです」

「グラケンハイト様に纏《まつ》わる黒を王妃様のご衣装にも入れておりますからね」

建国祭の準備をする中でも、守護神の名を聞かない日はないぐらいだった。

私は最初、グラケンハイトが闇を司《つかさど》るという話を聞いた時には驚いた。

様々な国で、神と呼ばれる者の存在は語り継がれている。

ただし基本的に光や太陽といったそういうモチーフの神様の方が多い。逆に言うと、闇などを司ると聞くと、どちらかというと人に悪さをするような神様を連想してしまう。

実際に他国で闇の神様として伝えられているのは、危険な存在だったりするはずだ。だから闇と聞くと、そういう存在を想像した。

もちろん、そんな感想はグラケンハイトを信仰する者達のことを刺激するだけだと分かっているので口にはしない。

城内のホールに貴族達が多く集まり、パーティーが行われる予定である。

そして城下では、平民達が街を飾り付け屋台なども出し、お祭りとして盛り上がる。

まさしくそれは国の一大行事であった。

コラレーシアにいた頃《ころ》はこういうお祭りにフィオーレ様も私も参加することは出来なかった。そんな自由は許されていなかった。そもそもコラレーシアの王妃様は、フィオーレ様が目立つと本当に嫌がっていた。

故郷での小さな祭りは知っているけれど、大きな街のお祭りなんて知らない。……そう考えると、少し楽しみかもしれない。

コラレーシアにいた頃の私にはそこまで自由はなかった。

私にとってはフィオーレ様に仕えることは幸せなことだ。だけれども、祭りというものに憧れがないわけではない。

私は勤めがあるので、ずっと楽しんでばかりはいられないだろう。けれども、初めてのグランデフィールの建国祭は楽しみだった。

建国祭の間、私はずっとフィオーレ様の傍に控えられるわけではない。他の王城勤めの侍女達と同じように仕事を済ませるだけだ。

だから私の出来ることは美しくフィオーレ様を着飾らせることだけである。

「フィオーレ様、なんて美しい！」

フィオーレ様の身に纏《まと》うドレスは、明るい山吹色のものだ。黒いレースで飾り付けられており、フィオーレ様によく似合っている。黒いオペラグローブに、高いヒールの靴。

私はその美しい装いのフィオーレ様を見ることが出来るだけで、心が躍《おど》る。

フィオーレ様以上に美しい方など、いないのだわ！

「ありがとう。こんなに素敵なドレスを着られるなんて嬉しいわ」

花が咲くような笑みを浮かべるフィオーレ様を見ると、私を含む周りの侍女達は目を輝かせている。フィオーレ様は本当に素敵だもの！

今、傍に仕えている侍女達はフィオーレ様の事情をある程度把握している。

そのあたりはフィオーレ様自身が周りを味方につけるためにそれらの情報を共有したからである。

この素敵なドレスを身に纏って、フィオーレ様はグランデフィールの王妃として表舞台に立つのだわ。なんて素晴らしいの！　問題が起こる可能性はあるけれど、それでもこういう機会があるのは良いきっかけだわ。

私はこの建国祭でフィオーレ様は王妃として認められるとそう思っている。

当然、フィオーレ様を王妃として認めない者達の動きはあるだろうが、それでもこの状況は喜ばしいことだった。

「フィオーレ様、パーティーでは陛下や護衛騎士が目を光らせてはくださるのですよね？」

「そうね。私という王妃が害される事例が起これば、益々《ますます》大変なことになるもの。だから私のことはしっかり守ってはくださるはずよ？」

にっこりと微笑むフィオーレ様。

仮にこの状況下でフィオーレ様が王妃として相応しくない態度をしてしまえば、そのまま王妃としての地位を失う可能性もある。今はまだ、フィオーレ様はグランデフィールから認められかけている状況でしかないのだから。

「ヴェルデ」

フィオーレ様は私に声をかけ、そして顔を近づける。

「貴方も狙われる可能性が十分あるわ。だから、気を付けてね。ヴェルデ」

耳元で囁《ささや》かれた言葉に、私は頷いた。

そうして建国祭は始まった。

＊

「王妃よ、準備は出来ているか？」

「ええ。問題ありませんわ」

私、フィオーレのことを迎えに来た陛下は、私の着飾った様子を見ても特に褒めたり、見惚《みと》れたりはしなかった。本当にぶれない人だなと思う。

私は陛下の言葉に頷き、微笑みながら問いかける。

「陛下、私、どうですか？」

「どうとは？」

「私、とても似合っていますでしょう？　折角《せっかく》こうして美しく飾り立ててもらいましたから、夫である陛下に褒めていただけると私はとても嬉しく思いますの」

悪戯《いたずら》な笑みを浮かべながら、じっと陛下の目を見据えて問いかける。

「……それは必要か？」

「出来ればいただきたいですわ。私は褒められたいですもの」

素直にそう言い切る私に、陛下は少し呆《あき》れた様子を見せる。だけど諦《あきら》めたように告げる。

「……似合っている」

あまりこうやって他人の容姿や着飾った姿を褒めるなんてことはしてこなかったのだろうなとその様子から窺《うかが》える。少し照れた様子は、やっぱり可愛らしい。

ヴェルデは陛下のことをそんな風に言うのを信じられないと言った様子だけど、私からすると好ましく思える点だわ。

「ふふっ、ありがとうございます。陛下もとてもお似合いですわ。パーティーの場で、私は上手《うま》く対応していくつもりですが、もし何かしら問題が起きそうなら助けてくださいませ。私も陛下のことをお助けしますわ」

陛下はこういう時にはちゃんと本心を語ってくださる方だと思う。だから思わず笑みを浮かべてしまう。

それはパーティーの行われる会場までの道中。周りにいるのは護衛騎士達だけである。

私は、これから建国祭のパーティー……、私にとってはこの国で王妃として初めて公《おおやけ》の場に出る機会だ。

不思議と落ち着いている。それは私にとってはこれが通過点でしかないからだろう。

私のことを侮《あなど》る人はいるだろう。今回の建国祭で、私を試そうとする人もきっと多い。それでも——私は堂々とする。ここで弱々しい姿などを見せたら、理想の私になんてなれない。

私が私の望む未来を掴み取るためには、必要なことだから。

そんなことを決意しながら、私は陛下と共にパーティー会場へと足を踏み入れたのだった。

手を取り合って、その場に現れた私と陛下。会場に先に到着していた貴族達は、値踏みするように私のことを凝視している。

その視線は決して良いものばかりではない。

コラレーシアの冷血姫、お飾りの王妃、小国からやってきた相応しくない存在。

そういう悪意のある呼び名を囁いている不届き者もいるぐらいである。

私はそういう視線を受けながらも、笑顔である。

満面の笑みを浮かべる私は、それだけ人の目を惹《ひ》きつける。

ここからは、私の戦場である。

＊

「ふぅ……」

フィオーレ様が王妃として建国祭に挑む中、私、ヴェルデは王城で侍女としての務めをこなしていた。

私がフィオーレ様の傍を離れている間、私に接触をしてくる者はそれなりに多い。こういう時だからこそフィオーレ様の侍女である私をどうにかしたいのだろう。

その対応を私は一つ一つ進めていった。

なるべく陛下から派遣されている侍女達と一緒に過ごすようにしたりなど、出来る対応は様々ある。

……フィオーレ様は、今どうしているのだろう。パーティーの場でフィオーレ様はどのように素晴らしい働きをしているだろう？

そういうことを想像するだけで、私は楽しくて仕方がない。

頭の中ではフィオーレ様の素晴らしさが周りに広まっている様子ばかりだ。だって私のフィオーレ様はそれだけ素晴らしい方だもの。

王城の窓から外を見ると、城下の様子が目に映る。

私の視力は良い方だ。その先に映るのは、王城の方をじっと見つめている人々や出店されている屋台など……。それを見ていると私は思わず笑みを浮かべてしまう。

楽しそうに過ごしている彼らの姿を見ていると、この国は良い国なのだろうなとそんな気持ちでいっぱいになる。

……城内もだけど、それ以外の場所でも守護神グラケンハイトに纏わる装飾がなされている。建国祭が行われるからと、普段は表に出していないような珍しいものも見られてそれも楽しいわ。

城内を見渡していると普段では目にしないような珍しいものも様々見られる。

守護神グラケンハイトに纏わるもので、猫の姿をしているものや黒装飾のものが多かった。

それを見ていて思い起こすのは、あの不思議な灰色猫のことである。

あの猫ちゃん、たまに見かけるけれど……、今日は見かけてないわ。あの猫ちゃんも建国祭だと何かと忙しくしていたりするのかな？　陛下とも顔見知りだったみたいだし……。

あの猫ちゃんに関しては、分からないことだらけである。

陛下と旧知の仲でありそうなこと、そして陛下に無礼な真似《まね》をしても許されていること、そして人の言葉を理解していること。

それだけしか分からない。

ただ猫という動物が大切にされている国で、建国祭という場においてはあの猫ちゃんも何かしらの特別な役割があるのかもしれない。

……あとはルベライトさんも今日は見かけていない。建国祭ではいつも通りに過ごすだけだと言っていたけれど。

猫ちゃんとルベライトさんのことを同時に思考してしまったのは、その瞳があまりにも似ているからかもしれない。

その二つの存在とも、私にとっては不思議な存在なのである。

私は思考しながらも、黙々と自分の業務をこなしていった。

パーティー会場に給仕に向かうこともあるが、基本的に裏方業務である。給仕の最中にフィオーレ様の美しく微笑む姿を少し目撃できるだけで私は嬉しい気持ちでいっぱいである。

その傍《かたわ》ら、城内で何か変わったことがないかというのも警戒しておく。

普段は王都にいない貴族達もこうして集まっているのだ。その関係上、普段は起こらないようなことが起こるのは想像に難《かた》くないことである。

「建国祭にデルニーナ様が来られないなんてっ」

「カフィーシア公爵様もさぞ、悔しいでしょうね」

そのようなことを囁いていている王城に仕える使用人達の姿は度々見られた。

今回、噂の公爵令嬢であるデルニーナ・カフィーシアの姿は見られない。

その父親であるカフィーシア公爵家当主はパーティーに出席しているが、病弱だという公爵夫人と娘である公爵令嬢の姿はない。

過去の一件から、反省を示すために建国祭という王国内の貴族達のほとんどが集まるような場にも姿を現していないのだろうか。

私には分からないことだが、建国祭に貴族令嬢が参加しないというのは謂《い》われのない噂を流されてしまうような望ましくないことらしい。反省のために建国祭に参加しないという選択を取った公爵令嬢に同情的な貴族も多いみたい。

……陛下に対する深い愛情が暴走してしまっただけだから。そういう恋に纏わる話に共感する方は多いものね。陛下がどれだけ嫌がっていたとしても情報操作一つで迷惑をかけている側が周りから応援されている状況になるなんて。その点に関しては陛下に同情するわ。

私は本来ならば陛下の方が同情されるべきであると思っている。

幾ら見目《みめ》が美しかろうが、権力を持ち合わせていようが、愛情を抱いていようが――だからといって迷惑をかけていることには変わらない。そもそも好意を抱いていない相手から重い好意を向けられ、それで周りが騒ぎ立てるという状況は好意を向けられている側からしてみれば勘弁してくれと思うことでしかないのである。

この建国祭が終われば件《くだん》の公爵令嬢がまた表舞台に立たれる可能性が高いわ。陛下のことを諦めておらず、フィオーレ様の存在を認めないというのならば私達とは少なくとも敵対することにはなる。

そんなことを考えながら城内を闊歩《かっぽ》していた私は魔法で気配を探る中で、怪しい魔力を感知した。

……建国祭の最中に魔力反応があるなんて、物騒だわ。

私は城内を歩いていた騎士に一言声をかけた後、その魔力反応のする方へと向かうのであった。

「何をしているのですか」

そして声をかけた先にいたのは、数人の男達であった。

そこは王城の隅、ほとんど人が寄ることのないような外庭の端。

微《かす》かな魔力反応を感じることから、一人は魔法使いがいるだろう。いや、もしかしたら一人どころではなく全員がそうかもしれない。

その集団は明らかにこの場においては異質であった。

王城という華やかな場には相応しくない彼らは、私が声をかけてきたことに驚いた様子を見せていた。

まさか、自分達がこの場にいることが知られているとは思っていなかったのかもしれない。

「王妃の侍女か」

「まさか、こんなに速く駆けつけられるとは……まぁ、いい。知られたからには生かしてはおけない」

彼らはそんな言葉を口にすると同時に、私に飛び掛かってきた。

私は侍女服のスカートへと手を突っ込み、そこから短剣を取り出す。その隠し持っていた武器を手に、自分の足へと魔力を込める。

風を纏い、私は舞うように飛び掛かる。

一切の無駄のない動きで、私は武器と魔法を行使し、彼らと対峙《たいじ》する。

多対一という状況下なので、私にはあまり余裕はない。相手が魔法使いでなければ、もっと楽だっただろう。だけど、彼らは魔法使いなのだ。

火や闇などといった魔法が私に襲い掛かる。

少なくとも二人は魔法使いがいるか。魔法使いが相手だとやりにくいのよね。それにしてもこうして複数に囲まれていると……昔のことを思い出すわ。

こういう状況でも不思議と冷静でいられるのは、これまでの経験があるから。

取り乱してしまうというのは、逆に大変な状況に陥ってしまうのが分かっている。

私は男達への対応を進めながら、幼い頃のことを思い起こした。

悲劇が起こり、家族や友人達を私は全て失った。そしてその後、私は追い回され、フィオーレ様に拾われるまでの間、安泰はなかった。あの時に私はどうしようもないほどの無力さを感

じていた。

——私はもう、あの時みたいに逃げることしか出来ない私じゃない。

幼い頃の、無力で、どうしようもなかった私はもういない。私は自分の力に自信を持っている。私ならば——やれる。ううん、やるしかない。

だから躊躇《ちゅうちょ》せず、一人一人削っていく。

生かしておくという選択肢はなかった。複数人の相手がいる段階で、殺さずに対応は私には難しかったから。

魔力を込めた短剣で、その首をはねる。

一人の首をはねれば、周りは流石に焦り出した。私がただの侍女ではないというのが分かったのだろう。

しばらくすれば流石に騒ぎを聞きつけた騎士達がやってくるはず……。それまでになんとかしないと。

折角フィオーレ様が初めて表舞台に立つというこの日が悪い印象を与える日になってほしくなかった。

そもそももし何かが起これば、フィオーレ様のせいにしようとする者は少なからずいるというのは想像できる。

だからこそ、今のうちに危険分子は排除しておきたかった。

そして私が彼らを全て排除しようと行動している最中、

「よう、嬢ちゃん。やるな。でもそのくらいでやめてもらえるか？」

背後から一人の男の声がした。

私はその男の気配に気づけていなかった。そちらを振り向けば、青ざめた侍女を抱えている、明るい赤髪の男がいた。

「武器を下ろし、魔法も解いてもらおうか。そうしないとこの侍女、殺すぞ？」

明確な脅しに、私は一瞬躊躇してしまった。

人質に取られているのは、何も事情を知らない侍女である。おそらくこういう状況に巻き込まれたことなどないのだろう。可哀想《かわいそう》なほどにその顔は青い。

……なんとか時間を稼げれば、増援がくるはず。それまで時間を稼げば……。

私はそんな希望を抱きながら、男のことをまっすぐに見据える。

「……ほら、下ろしましたよ。その侍女を放してください」

「まだ放せないな。おい、お前達、嬢ちゃんにアレを飲ませろ」

赤髪の男がそう口にしたかと思えば、かろうじて生き残っている男の一人が何かの瓶を取り出す。

それには紫色の不気味な液体が入っている。

……あれは魔力抑制薬か。私の魔法を恐れてのことかしら。このまま飲むことを拒絶すればあの侍女の命が危ない。どうするのが一番いい？　フィオーレ様と私自身のためにもあの侍女の命は諦めるべき？

今、どういう選択をするのが一番良いのだろうか。判断はつかない。だけどこのまま動かなければ待っているのは悪い未来しかない。

それが分かっているので、私は動いた。

まずは薬を飲ませるためにと近づいてきた男のことを押しのける。それと同時に人質を抱えている男へと飛び掛かる。

赤髪の男は驚いた表情を浮かべる。

人質の安否を気にせずに飛び掛かってくるとは思っていなかったみたい。

その隙《すき》をついて私はその場にいる男達を倒してしまおうとして——、不意に背後から火の球が襲い掛かってきた。倒したと思い込んでいた男の一人が生きていたらしい。

その不意打ちの火は、私に直撃はしなかった。

だけれど、侍女服を掠《かす》める。

胸元の部分が焼かれ、その肌が露《あら》わになる。

私は慌てて胸元を隠すが、遅かった。

——目の前にいる者達の目には、谷間より少し上の部分に大きく輝くものが目に映っただろう。体に埋め込まれるように存在しているのはエメラルドグリーンの手のひらサイズの宝石。

「ほぅ？　これは王妃を攫《さら》うよりもずっと良い贈りものが出来そうだ」

しまったと思った時にはもう遅かった。不運なことにその男は、体に埋め込まれた宝石の意味を知っているようだった。

体の宝石を隠すことに気を取られたその時、男達に襲い掛かられ、私は気絶した。

気絶する最中、私はルベライトさんからもらったペンダントを握っていた。

＊

「ごきげんよう、王妃様」

私、フィオーレは貴族達から挨拶《あいさつ》を受け、それに笑顔で返す。

どれだけ嫌味を言われようとも、その視線が侮りに満ちたものだったとしても微笑む。

満面の笑みで私が話しかけると、対峙する者は一瞬毒気を抜かれるものである。

私の見た目は周りに庇護《ひご》欲を与えるものだ。逆に私に対して悪感情を持っている方達が非難の目を向けられるような状況を意図的に作り出す。

こういう単純な方々は、私の想定通りに動いてくれるから本当に楽だわ。

私はそんなことを思いながら、パーティー会場内を見渡す。

その中で私に対して、無の表情……何を考えているか分からない様子を見せている一番の人物がデルニーナ・カフィーシアの父親であるカフィーシア公爵家当主だった。

にこやかに微笑んでいるようには見えるけれど、私に対して良い感情を抱いていないことは明確だわ。会場内でも私や陛下以外には公爵令嬢の話をして、同情を買おうとしているようだもの。この場で何かをしかけてくる可能性もあるわよね。

私は微笑みを浮かべながら、そのようなことをつらつらと考えている。

今のところ、私の評価は悪いものではないだろう。パーティーに参加している貴族達は私の堂々とした様子を見て、考えを改めてくれたり、認めてくださったりしている。

この国でも大貴族と言えるカフィーシア公爵家が私を認めないという態度を示しているからこそ、それに便乗する貴族達もそれなりにいる。とはいえ反逆者に対して容赦がないと有名な陛下を敵に回したくないと考えている貴族も多い。

「陛下、こちらの料理、とても美味《おい》しいですわ」

私は貴族達に対応をしながらも、隣に立つ陛下と交流を深めるということも行っている。

陛下はなんだかんだパーティーが始まってから、私を一人にしないように傍についていてくれている。

私はその事実が嬉しいと感じている。まだそこには恋愛感情などというものはないだろう。それは私も同様なのでそれに対して文句を言うつもりは全くない。

ただこういう行動をしてくれるということは、少なからず私を認めているという証である。

今は、それだけで十分で、嬉しいわ。

元々私は周りに対してあまり過剰には期待しない。それはコラレーシアの王家から疎まれ、大変な状況が当たり前だったから。

私自身の結婚に対して、恋だとか、愛だとか——そんな甘いものを期待しているわけではない。

もちろん、私は夫婦仲が良い方が好ましいと思っているので、愛情があるならあるでいいと思っている。そういうものは素敵だと思うし、そういうものに嫌悪感などがあるでもない。

ただ私は自分がそういう感情に振り回されてしまう様子が想像できないし、そういうものが特別欲しいとは思っていない。

だから私と陛下の関係性は、これでいいのだ。

私達の間には、そのようなものは必要ない。私も陛下もそんなものを必要としていない。

陛下は貴族達からの挨拶に対しても、口数は多くない。その分、私が喋る。

陛下は喋ることがそこまで得意ではないようだが、私は喋ることが嫌いではない。寧《むし》ろ喋るという行為は周りを味方につける一番の方法なので得意な行為である。

意気揚々と周りの対応をする私を、陛下は咎《とが》めない。

それだけでも陛下が私を認めつつある証であった。

国王は王妃を認めているからこそ、こうして建国祭のパートナーとして連れ立っている。

それが周知の事実としてこのパーティーで広まりつつある。

穏やかに過ぎていくパーティー。

だけど、それは穏やかなままでは終わらない。

突然、窓が割れたかと思えば——何かが私達の元へと飛んでくる。

護衛騎士達が咄嗟《とっさ》にその間へと入るが、なにせ数が多い。

——それは数え切れないほどの矢である。

おそらく魔法によって動かされているその無数の矢が明確に狙っているのは私である。

「王妃！」

それに気づいた陛下は私を庇うかのように覆いかぶさった。

その一連の出来事に私は驚く。

これだけの攻撃が自身に向けられたことも、自分に対して特別な感情を抱いていないであろう国王が自分を庇ったことも——驚きだった。

次の瞬間、私達に向かってきたその無数の矢は、その場を包み込んだ魔力によって全て弾《はじ》かれた。

まるで私を守るかのように展開した魔力による防壁。

私を狙っていた矢は、その障壁に阻《はば》まれ、全て落下していった。

パーティー会場内では、悲鳴が響いている。周りにいる貴族達が混乱し、慌てふためいているのが視界に映る。何かが起こるかもしれないとは思っていたけれど、まさか、ここまでの事態が起こるなんて……。

「王妃、これは……」

「詳しい説明は後でしますわ。庇ってくださりありがとうございます。陛下。ひとまずこの程度で私を害することはできませんので、敵の殲滅《せんめつ》の指示を出してください」

驚く陛下に対して、私は冷静に言う。

これだけ大々的に自分の命を狙うのかと驚き、陛下の態度に驚いた。でもそれだけである。この程度の危険には私は慣れている。

コラレーシアにいた頃から、命を狙われることは度々あった。その時と比べれば、まだこのグランデフィールでの暮らしは私にとっては平穏なものなのだ。

「お前達！　王妃を狙っている曲者《くせもの》を今すぐ捕らえろ！」

陛下の指示と共に騎士達は緊迫した様子で動き始める。

貴族達が暴走し、慌てふためく中――一人の人物が私と陛下へと近づいてくる。虚《うつ》ろな瞳で、こちらに近づいてくるのはカフィーシア公爵である。

「カフィーシア公爵！　離れろ！」

陛下は公爵に向かって叫んだ。

公爵はそれでも止まらない。国王の制止の声など聞く気が全くないのであろう。そんな公爵に対して騎士達は捕縛するために動き出す。

「……我が娘ではなく、あくまでその娘を大切にするというのか。そんな『冷血姫』などと呼ばれる娘よりもずっと……我が娘の方が優れているというのに」

ブツブツとそんな言葉を口にする公爵。

明らかにその様子は普通ではなかった。彼はもう既にまともではないのだろう。

虚ろな様子の公爵は懐《ふところ》から何かを取り出したかと思えば、それを投げた。

それと同時にその場に広がるのは、薄暗い魔力のような何か。

その何かは、人を害するものなのだろう。近くにいた者達が次々と意識を失っていく。どうにかカフィーシア公爵に立ち向かおうとした騎士達だって、力なく倒れていく。

そんな中で、私と陛下だけは無事だった。

それは私を覆う魔力による守護だ。私を守るために展開されているそれは、至近距離にいる陛下にまで作用している。

陛下は私に聞きたいことが幾らでもあるだろう。私は陛下に対して沢山《たくさん》の隠し事をしているから。だからもしかしたら――冷静になった後、陛下に嫌われてしまうかもしれない。まぁ、それでも仕方ないわ。

今はそれどころではないもの。

「……王妃、あいつに近づくぞ」

「はい」

私自身は戦う力など持たない。だから、陛下の言葉に頷く。

この場で私が出来ることは陛下の指示に従うことだけだ。前評判通り、陛下は戦うことには慣れているのだろうと実感する。

陛下は倒れている騎士が下げている長剣を手に取り、私を抱えるようにして公爵へと近づく。

異性にこんな風に抱えられることは初めてで、少し落ち着かなかった。

公爵も長剣を手にしている。

公爵は剣の心得があるのだろう。そのまま陛下に飛び掛かった。

だけどそれは……私を守る障壁に阻まれる。

「くっ、忌々《いまいま》しい！『冷血姫』がなぜそのような魔法を使えるのだ！」

私に対する守りの障壁のようなものがなければ、この状況はまた違っただろう。

周りを漂う魔力により私達もただでは済まなかったはずだ。

陛下は喚《わめ》き散らす公爵へと近づくと、そのまま一閃《いっせん》した。

自身の魔力を込めたその一閃は、公爵の命を狩り取った。

「陛下、まずはこの場の状況をどうにかしましょう！えっと、少し魔法を使いますが、よろしいですか？」

「構わないが……どうにか出来るのか？」

周りを漂っている魔力は公爵が死した後もまだなお効果を発している。

倒れている者達は死んではいないようだが、それでもこのまま放っておくわけにはいかないだろう。

陛下に私の魔法をお見せすることにはなってしまうけれど、こういう非常事態だから仕方がないわ。……それに私はこのまま、この国の王妃として生きていくのだ。陛下のことを信頼したいとも思っている。だから――。

私にとって自分の魔法を見せることは、勇気のいることだった。私がそれを見せることで――目の前の陛下も顔色を変えるのだろうか？

私は……陛下に対して恋慕の情はない。それでも陛下のことを気に入ってはいるのだなと実感する。

私のことを知った陛下が悪い意味で変わることは嫌だとは思うけれど、私はこのままこの国の王妃として生きていくのだと――そう決めたから。

私は何かあった時のためにと隠し持っていた袋を取り出す。そこに入れていたのは種である。

私はその種を手のひらに置くと、思いっきり魔力を込めた。

それと同時に種が芽吹く。

その植物の魔力が、その場を支配し、人を害する魔力を浄化していく。

「少し時間はかかるかもしれませんが、この植物の魔力でこの場はどうにか出来るかと」

私はそう言って、陛下に微笑みかける。陛下が驚いた表情を浮かべている。だけど、その視線に私を利用しようとか、そういう欲はないように見える。

なんというか、陛下は……こういう時でも冷静だ。

「これは植物魔法か？」

「はい。私は植物魔法の適性があります。隠していて申し訳ございません」

私が謝罪の言葉を口にしても、陛下は笑っている。

「構わない。植物魔法は珍しい魔法だからな。それにしてもこの植物は……？」

「周りを浄化する作用を持つものですわ。何かあった時のためにと私は色んな植物の種を常備しておりますの。珍しい種は盗まれてしまうと大変ですし」

コラレーシアでの私の環境では、持ち物を取られることも度々あった。特に私が気に入ったものを周りは奪いたがる傾向にあった。だからそういう貴重な種などは常に持ち歩くようにしているのだ。

「グアリートスもそれで手に入れたのか？」

「はい。その通りです。ところで、これから皆さんを治しますから陛下も手伝ってください！」

「ああ」

陛下は私の言葉に頷く。

そして私達はその場にいる者達の治癒と後始末を進めていくのであった。

私は回復系統の魔法を使えるわけではない。なので行っているのは薬の調合などでの手助けである。植物魔法を行使することの出来る私はその特性を生かして、薬草の調合などを学んできた。教師は自力でコラレーシアの城内で探した薬師である。

私達はパーティー会場の外にいた者達を呼び入れて、彼らにも手伝わせながら対応を行っていく。

そうして私達が一心に周りの人々を助けるために動く最中、その場に慌てて駆け込んでくる人物がいる。

「陛下！」

パーティー会場に飛び込んできたヨーランドは、その場の大惨事に驚き、目を見開く。

だが、陛下から「この場は問題ない」と言われるとほっとした様子を見せた。そして慌てた様子で国王に近づき、彼にだけ聞こえるような声量で何かを告げる。

その言葉に陛下は驚いた表情になる。何かあったのだろうか？

すぐさま、陛下は倒れている人々への対応をしている私を呼ぶ。

「陛下、何があったのですか？」

パーティー会場でこのようなことが起こるというだけでも大惨事なのだ。それなのに他でも何かしら起こっているなんて……と私の顔色は悪くなっているだろう。

「落ち着いて聞け、王妃。お前の侍女が攫われたらしい」

「なんですって！」

私は思わず声をあげてしまう。だって私のヴェルデが攫われたなんて……っ。最悪の可能性を考えて、私は正気ではいられない。

「へ、陛下！　ヴェルデを助けてください！　あの子が攫われてしまうなんて――」

私はどうしようもないほど動揺している。だって私のヴェルデに、もう二度と会えなくなるかもしれない。

だってあの子が――どういう存在か知った者はきっと手放さない。ヴェルデが嫌がったところで、無理やりヴェルデをいいように使おうとするだろう。

――私は、それを思うと苦しい。

陛下は私がこんなに動揺しているのを驚いたように見ている。

「王妃、落ち着け」

「これが落ち着いてなんて――！」

慌てふためく私を、落ち着かせるためにか陛下は抱きしめた。

抱きしめられると思っていなかった私は、驚きに一瞬言葉がやむ。

「大丈夫だ。グート様が助けに行っているようだから、安心していい」

安心させるように、陛下は私に言う。グート様って誰？

＊

がたん、ごとんと揺れている感覚に私は目を開けた。

手足を動かそうにも、動かせなくて驚く。私は拘束されていた。あたりを見渡せば、此処が馬車の荷台の上だということが分かった。ああ、この揺れは馬車に乗せられているからなのか。

そんな私の胸元には、緑色の大きな宝石が輝いている。

此処は……そうだ、私は……。

私は一瞬、自分はどうして此処にいるのかと考え、はっとした。そして思い出す。

記憶を失う前、刺客と戦っていたこと。そしてその最中に絶対に周りに知られてはならない自分の秘密を知られてしまったこと。

――だから、私は捕らえられてしまったのだ。

私は自分の秘密を知られたら、このようなことになると知っていた。だから知られないように注意を払っていたのに、失敗してしまった。

「よう、お目覚めか。エクラ族の嬢ちゃん」

そんな声をかけられて、視線を向ければそこには意識を失う前に対峙していた赤髪の男がいる。

　私はその男を睨《にら》みつけるように見る。

「ははっ、睨んでもお前は何も出来ないぞ？　お得意の魔法は使えないようにしているからな」

　笑って告げられた言葉に、私は試しに魔法を使おうとして——上手く行使できないことを実感する。

　おそらく意識を失っている間に魔力抑制薬を飲まされたのであろうと理解し、焦る。

　それでもその捕らわれの身でも、思いっきり男を睨みつけた。

「私を、どうする気ですか？」

「主の元へと連れて行くだけさ。なんせ、あのエクラ族の嬢ちゃんだからな。まさか、生き残りがいるとは」

　そう言いながら、男は私の胸元で煌々《こうこう》と輝く宝石に視線を落とす。

　その欲に溢《あふ》れた瞳が、私は嫌いだ。幼い頃、私の住んでいた集落が襲われた時にもそんな目をよく見た。フィオーレ様は私の宝石を見ても、ただ「綺麗《きれい》ね」と笑ってくださっただけだった。やっぱり私のことを知ってあのように受け入れてくださる方は中々いない。……もしかしたらルベライトさんは私の種族を知ってもいつも通りかもしれないけれど。

「狩りつくされた集落の生き残りか？　それがまさかコラレーシアから来た王妃の侍女をやっているなんてな」

そう言いながら、私のエメラルドグリーンに輝く宝石に男は触れようとする。

私はそれが我慢ならなかった。

「触らないで！」

「いいじゃねぇか。減るもんじゃねぇし。確かエクラ族は周りの者に繁栄をもたらすって言われているんだっけ。あー、でもエクラ族を狩って宝石を手にした者も結局不幸になったりもしているっては聞くな。なぁ、嬢ちゃん。エクラ族って実際どうなんだ？」

ああ、腹が立つ。私達エクラ族にとって――体に埋め込まれている宝石は何よりも大切なものだ。それこそ自分の命と同じほどに。その宝石は大切な人以外には触らせないものだ。そんな場所を、こんな男の前でさらしていることが恥ずかしくて、悔しい。

「お前のような者に言うことは何もない」

私はこんな男に負けるわけにはいかないと、そう言い切る。ここで臆するわけにはいかない。

「嬢ちゃん、口の聞き方には気を付けた方がいいぞ？　これから嬢ちゃんはアーゲンドの国で飼われるんだから」

男はそんなことを言い切った。

アーゲンドというのは、グランデフィールの隣国の名前だ。

人間の少女を飼うだなんて、おぞましいことを当たり前のように口にされるのが気持ち悪い。

一般的に考えればその行為は周辺諸国から非難されることだ。

だけど――私がエクラ族と呼ばれる宝石の一族だからこそ、それは許容されてしまうだろう。

私達――エクラ族は滅びたとされている一族であった。

森の奥深く、人がほとんどいない地域でひっそりと暮らしていた一族。だけどその特性ゆえに狙われ、狩られた。

周りに繁栄をもたらすと、そう言い伝えられた一族だった。それを知ったのは、フィオーレ様の元へ逃げてからだったけれど。

それでいて魔法適性が高く、誰もが優秀な魔法使いであり、周りは中々私達に手を出すことなど出来なかった。

実際に歴史書の中には、エクラ族と共に栄光を手にしたものも描かれていたりもする。

そういう噂が相まって、私達は同じ人にもかかわらず特別視されてきた。

「私を飼う？　私は大人しく飼われるつもりなどないわ」

「そういう態度はやめた方がいいぞ？　エクラ族が連れて行かれた先で、従順ではなかったからという理由で殺されたことも当然知っているだろう？　嬢ちゃんは大人しくアーゲンドで飼われて、宝石を生み出せばいい。ほら、簡単だろう？」

男はそう口にして、にやりと笑った。

男の言っていることが事実であることは、私も知っている。

エクラ族を襲撃した者達は、皆を殺したかったわけではないだろう。エクラ族はある一定条件を得て、美しい宝石を生み出す。そしてその《エクラの守護石》と呼ばれる宝石は――それを手にする者を守り、その力を増幅させると言われていた。

襲撃者達はその宝石を求めて、私の住んでいた集落を攻撃し、そして皆を攫っていったのだ。

私はそこからなんとか逃げ延び、フィオーレ様に拾われた。それは幸いなことだったと言えるだろう。

なぜなら攫われていったエクラ族の大半は殺されてしまったから。

それは男の言うように、彼らの目的としている宝石を生み出さなかったから。

「それは出来ません」

「強情だな？　宝石を生み出さなければ、お前は殺され、その宝石を抜き取られるだけだぞ？」

そして殺された者達の大半は、体に埋められている彼らの象徴である宝石を抜き取られてしまった。

《エクラの守護石》とは異なる、エクラ族本人に付随しているその宝石は価値のあるものとされている。その美しさからしても、十分に騒動の種である。ただしその抜き取られた宝石は《エクラの守護石》とは異なり、何の効果も持たない。

ただの美しいだけの宝石。……それを無理やり抜き取られると、エクラ族は衰弱してしまう。

……生きたまま宝石を抜かれて、そして死んでいった記録も残っている。本当に考えただけで苦しくなる。

「それは私の意思でできるものではないわ。やるなら、やればいい。そうすれば貴方達に《エクラの守護石》は渡らないだけ」

私はエクラ族の希少性を知っている。

元々少数民族として、細々と生きていた。そしてその集落は滅び、私は自分以外に生きているエクラ族を知らない。

そういう状況だからこそ、誰もが生きているエクラ族を求めている。

《エクラの守護石》は生きているエクラ族からしか産出されないことを、略奪者達も知ってしまっているから。

どちらにしても、アーゲンドの国が私を飼うという選択肢を取るのであれば《エクラの守護石》が生み出されることはない。

特定の状況下でしか、それは生み出されることなどないのだから。それを理解していないからこそ、無理やり私達から宝石を生み出させようとしている。

……そんなもののために、私達は狩られ、皆死んだのだ。本当に人というのは身勝手すぎる。

だから、私は――フィオーレ様以外の人を心から信用することが中々出来ない。特別なものを見つけると、それを求めて態度が変わる人は沢山いる。

世の中の人達が、皆がフィオーレ様のように素晴らしい方だったら、エクラ族が亡ぶことなどなかったのだろうなと考えてしまう。

「そうか。どのくらいその強情さが持つかは見ものだなぁ。そうだな。生み出さなければ嬢ちゃんの大切にしている王妃に危害を加えることも俺の主はいとわないだろうな」

「フィオーレ様に何かしたら許さない！」

「許さないと言ったところで、嬢ちゃんには何も出来ないだろう？　威勢だけはいいな。その顔が絶望に歪《ゆが》むのが楽しみだ」

男は私を虐《しいた》げることを楽しみにしているようである。

私はこういう者達の目を知っている。

……あの日、集落を襲った男達と同じ目をしている。皆、こういう目に曝《さら》されて、そして殺されたのか。

そんなことを考えると、沸々《ふつふつ》と怒りが湧いてくる。

私は一人生き延びてしまった。

直接エクラ族を襲った国は、既に滅びている。

それはエクラ族という特別な一族に恩がある国や手にしようとしていた国により滅ぼされた。

だけど、それはエクラ族にとっては救いではなかった。結局のところ、恩がある国も手にしようとしていた国も——略奪者達と変わらない思考だった。

彼らはエクラ族の恩恵を求めていただけだった。エクラ族が《エクラの守護石》を生み出さないと分かると、処分したと聞いている。

生かしておかなかったのは、《エクラの守護石》が他の者の手に渡るのが嫌だからなどというそういう馬鹿げた理由からだった。《エクラの守護石》を攫われた先で生み出さなかったエクラ族は、そして一人、また一人と消されていった。

私に、もっと力があったら――。目の前のこの下種《げす》をどうにかすることが出来るのに。

無力な自分自身に対して、私は怒りを覚えてならない。

家族を、仲間を、全てを奪われたあの日から――私はずっと魔法を磨いていた。

大切な主を守るだけの力を手に入れられたと思っていたのに、まだまだ足りないのだと私は自覚し、無力さに、苛立《いらだ》つ。

「そもそもグランデフィールの王妃をどうにかしようって依頼はそっちの国から来たんだぞ？　アーゲンドとしても王妃が暗殺でもされようものならグランデフィールが大混乱で助かるからな。どちらにしても手は出すさ」

「……こちらから来たとは？」

私は男の言葉に、問いかける。

「ははっ、まぁ、これから飼われる嬢ちゃんにもっと絶望してもらうか。嬢ちゃんはデルニーナ・カフィーシアを知っているか？」

「陛下に恋煩《わずら》いをしている公爵令嬢」

「そう。二十五になってもまだまだ恋に恋しているお子ちゃま令嬢だ。あの令嬢はまさかそれで国を裏切ることを行っているとは思っていないだろうが、隙だらけだった。あの令嬢はよっぽグランデフィールの王妃が気に食わないらしい。なんとしても排除するとそう息巻いていた」

そう言いながらくくっと笑う男はどこまでも楽しそうである。

私はその言葉を聞いて眉を顰《ひそ》める。

自身の大切に思っている主がそのような理由で命の危険にさらされていること。そして二十五歳にもなるというのに、恋心により暴走している公爵令嬢に対する呆れ。

フィオーレ様の元へどうにかして戻らなければならないわ。そうしたら今、聞き出した情報を共有できるもの！

私はこういう絶望的な状況でも、諦める気はない。ここで諦めてしまったら——私はもうフィオーレ様に会えなくなる。

この状況を打破するための方法を、会話を交わして、男から情報を聞き出しながらも考え続ける。

「……そう。そのような理由でフィオーレ様を排除しようとするなんて、本当に愚かだわ」

「減らず口をきくなぁ。まだ誰かが助けてくれるとでも期待しているのか？　残念だったな。嬢ちゃんはもうグランデフィールの王妃と生涯会うことも叶わないだろうな」

そう言いながら、男は私の顎《あご》に手をやり、ぐいっと顔を上げさせる。そしてまじまじと、私の緑の瞳を見据える。触らないでほしい。

「エクラ族の宝石は瞳の色と魔法属性に呼応しているんだっけか。美しい色だ」

男の言うようにエクラ族の体に存在する宝石は――瞳と魔法属性によって異なる。

私は風に愛されて生まれた娘であり、だからこそこの身に緑色の宝石を持つ。私にとって自慢の宝石だ。炎に愛されたエクラ族は赤い宝石、水に愛されたエクラ族は青い宝石と――そんな風にそれぞれ異なるのだ。

特に魔法の適性が高ければ高いほど、その宝石の輝きは増す。

元々エクラ族自体が魔法に長《た》けた種族であるが、その中でも私の胸元で輝く宝石は一際《ひときわ》輝いている。

「主から話で聞いたエクラ族の宝石よりもずっと大きい。本当に良い贈り物だ」

くくっと笑うその男は、よっぽどアーゲンドにいる主への忠誠心に溢れているのだろう。

「貴方の主は、誰なの？」

私はそう口にしながら、抑制されている中で体内の魔力を練る。目の前の男に悟られないように、慎重にである。

「ははっ、それは着いてからのお楽しみだ」

そう口にして、男はその主については語らなかった。私が情報を聞き出そうとしていることが分かったのかもしれない。もう少し、油断してくれたらいいのに……。

私の瞳を、男は面白《おもしろ》そうに見ている。男はなんだかんだ私がここから反攻が出来るなどと思っていないのだと思う。

——その油断こそが、私にとっての打開の一手につながる。

魔力を一気に、私は胸元の宝石へと集める。

そこでようやく男は私が何かをしようとしていることを理解したらしい。

「嬢ちゃん、何を——」

そう、男が口にした時には既に遅かった。

宝石に集まった魔力は、そのまま渦巻き——爆発した。

それと同時に拘束され、魔力抑制をされていた私は吹っ飛ぶ。

乗っていた馬車が破壊され、馬車を引いていた馬は慌てふためき、そのまま走り出してしまう。馬車を運転していた御者《ぎょしゃ》はその途中で落ち、地面に横たわっている。

痛い。……でもこうするしかなかった。

「はぁ……はぁ……」

息を荒くした私は、手足を拘束されたまま地面に打ち付けられる。

その拍子に傷を負い、そこから血が流れている。痛みに、声が漏れそうになる。今すぐにでも瞳を閉じてしまいそうになる。だけど——そうもいってられない。

この状態でどうにかこの場から逃げようともがく。

魔力抑制薬を飲まされている状態で、無理やり魔力を練ったことで私の体はボロボロである。

動くのさえも精一杯の状況だが、私は生きることを諦めない。――だって私はフィオーレ様の元へ戻らなければならないから。

だけれども、現実というのは残酷である。

「はっ……流石、エクラ族。拘束して魔法を抑制したぐらいでは駄目か」

私の魔力によって吹き飛ばされた男は、生きていた。自身の魔力で守っていたためか、傷も少ない。

その男は私の目の前に立ちはだかる。私はこんな時でも詰めが甘いのか。もっと――男が動けなくなるぐらいに魔力を込められたらよかったのに。

このままフィオーレ様に会えなくなるのだろうかと考えると、情けないことに泣きそうになる。

「もっと自由を奪い、弱らせるしかないか」

そう口にして男が私に向かって手を伸ばす。

……ああ、もう！　どうして私はこんなに弱いの！　このままだと捕らえられて、男が言うように飼われてしまうだけだわ。私はフィオーレ様の元へ戻らなければならないのにっ。

私は自身の無力さに、苛立ちを感じながらも男に対してなすすべもない。

ただでさえ宝石に魔力を込めるという無茶ぶりを行い、限界に達している。私は自分の体の状態をきちんと把握していた。

その時、その場の状況が——一変した。

昼間だというのにどこからかはい出てきた闇が、その場を覆う。

空を覆っていた明るい太陽が、隠れていく。その場が漆黒へと染まる。まるで——闇の世界とでも言える光景が広がっている。

これは、何……？　まるで現実味がない、夢のような光景だ。

「なっ——」

男は想定外の状況に声をあげた。

横たわったままの私も、意味が分からないといった様子で目を見開く。

「私のお気に入りに何をしている」

聞こえてきたのは私にとっては聞き覚えのある声だった。その声がこの場に聞こえてくるなどと思っていなかったので、驚く。

その声が聞こえてきたと同時に、私の背後——暗闇の中から、何かがはい出てくる。

「猫……ちゃん？」

私はそれに視線を向け、驚きで言葉を発してしまった。

そこにいたのは一匹の猫だった。

それも私がよく知る、灰色の体毛の猫ちゃん。だけれどもその大きさは、私が先ほど乗っていた馬車よりもずっと大きい。突然現れたその猫ちゃんは、私を一瞥《いちべつ》し、何かを呟く。

それと同時に、私の傷が癒えていく。

といっても全てではない。傷が深すぎて、猫ちゃんの魔法では回復がしきれなかったのだろう。

でもただの猫ちゃんが、傷を癒すような魔法を使えることがまずありえない。

「な、なんだ、この化け物は！」

その場に突如として現れた、化け物というのに相応しい灰色の巨大な猫ちゃん。

男は慌てたように猫ちゃんに向かって、魔法を向ける。私はこういう状況でも、猫ちゃんの心配をしてしまった。

「猫ちゃん……逃げて」

だけど、それは不要だった。

闇が魔法を覆いつくし、消滅させる。

その闇はそのまま男へと襲い掛かり、その意識をいとも簡単に奪う。

猫ちゃんは男を無力化すると、私に近づく。

大きな体に見下ろされているというのに、普段とは違う巨大な体を見せているというのに、私には不思議と恐怖はなかった。

それはそのルベライトのように煌《きら》めく赤い瞳が、私を心配そうに見下ろしていたからかもしれない。

「ヴェルデ！」

心配そうに呼ぶ、その声を私は知っている。

だけど目の前の猫とは結び付かない。

でもその声は確かに――、

「ルベライト、さん？」

時折王城で会話を交わしていた、私がルベライトさんと呼ぶその人の声だった。

私の声と同時に、灰色猫の体を魔力が覆う。そして次の瞬間にその場に現れたのは――私のよく知るルベライトさんである。

灰色の美しい髪と、赤い瞳を持つ男性。何度も王城で言葉を交わしてきた相手だけれども、こんな場所にいるのが不自然で、意味が分からなくて混乱する。

ルベライトさんは美しい人だ。それも相まって、本当に夢なのではないかとそんな気持ちになった。

「拘束をすぐ解こう。無事でよかった」

そう言いながら、ルベライトさんは私の拘束を解く。その間、私はずっと唖然《あぜん》としていた。

猫ちゃんが、ルベライトさんになった？　それにあの大きさも含めて、どういうこと？

理解が全く追いつかない。猫ちゃんが青年の姿に変わるなんてありえない。確かにその綺麗な瞳は似ていると思っていたけれど、同じ存在だなんて……。本当に意味が分からない。

私は混乱して、呆然《ぼうぜん》としてルベライトさんを見てしまう。

そんな私の手足の拘束を解いたルベライトさんは、驚いたことにそのまま私のことを抱きかかえた。

「ちょ、な、何をしているんですか！」

「歩けないだろう？　私が連れて行く」

そう口にして、横抱きにされる。混乱したまま私は慌てふためく。だって、こんな風に抱えられるのなんて初めてなのだもの！

落ち着かなすぎて、私は動揺して仕方なかった。

「そ、そうですけど。でも自分で歩けます！」

「無茶をしようとするな。本当に心配したのだから。君に何かあったら、私は悲しい」

そんなことを真剣な表情で言われて、私はドキリッとする。

私のことを心配してくれて、だからここまでやってきてくれたのだと思う。それが事実だというのが分かるから、恥ずかしい！

ルベライトさんは、私の宝石を見ても態度を変えなかった。私がエクラ族であることはどうでもいいとでもいう風に、ただ私のことを心から心配してくれている。胸の中にじんわりと、温かい気持ちが広がっていく。

「助けてもらったことはありがとうございます。でも、そ、そんなことを簡単に言ったら駄目！」

ルベライトさんの言葉に顔を赤くして、動揺した私は思わず口調を砕けさせてしまった。それにしても本当にルベライトさんは自分のことを理解してなさすぎるわ！

「なぜだ？」

「か、勘違いしそうになるでしょ！　ルベライトさんはとても綺麗な顔をしているのだから、駄目！」

こういう状況で、そのようなことを言われると――勘違いしてしまいそうになった。ルベライトさんがその、私のことを好ましく思っているようなそんな言動をするから、変な感覚になって仕方がない。

その言葉を聞いたルベライトさんは、不思議そうな顔をして次の瞬間には何かを思いついたかのように笑った。

「それも、良いか」

そう口にしたかと思えば、続ける。

「私はヴェルデのことを可愛いと思っているし、好ましいと感じている。だから勘違いしても良いぞ」

そんな言葉を良い笑顔で言われて、私は声にならない声をあげた。

幼い頃に住んでいた集落を襲われ、その後は隠れるようにして生きてきた私にとって異性からこんな言葉を言われたのは初めてである。言ってしまえば、あまり耐性はない。それにルベライトさんの表情などからそれが本気だと分かるからこそ、余計に動揺した。

「顔が真っ赤で可愛いな」

「も、もう、そういうことを言わないで！　は、恥ずかしいでしょ！」

「私は本心を口にしているだけだ。それで、どうだ？　嫌か？」

そんなことを口にされて、私はうっと押し黙る。

結局ルベライトさんが何者なのか全然分からない。猫の姿になっているのも意味が分からないし、この状況も分からない。……でも嫌ではない。

嫌ではないと、そう感じた時――私の胸元の宝石が光る。思わず「あっ」と声をあげた時にはその場に変化が訪れた。

突如として、一つの宝石が産み落とされた。

生み出されたのは、私の胸元に輝く宝石と同じ色の――エメラルドグリーンの手のひらサイズの宝石だ。

ぽろりっと生まれたその宝石を手に取り、私は顔を真っ赤にする。

横抱きにされたまま、両手で顔を隠す私を興味深そうにルベライトさんが見ている。

「ほう？　それは《エクラの守護石》か？　初めて見る」

やっぱりルベライトさんは、私がエクラ族だと理解している。《エクラの守護石》の重要性もこの分だと知っているだろう。……それなのにエクラ族の娘としてではなく、私自身のことをルベライトさんは見ているように思えた。

それが私には嬉しかった。

それにしても……ルベライトさんが《エクラの守護石》の生まれる意味を知らなくてよかった。知られてしまっていたら、私は今よりもずっと羞恥心《しゅうち》でいっぱいになっていただろう。

「……そうですけど」

「なぜ、顔を隠しているんだ？」

そんな疑問を口にされ、私は言いよどむ。

「……ひ、秘密です。でも、これは貴方にあげます」

「そうか。ありがとう、ヴェルデ」

ルベライトさんは笑みを浮かべて、私から《エクラの守護石》を受け取った。

満面の笑みのルベライトさんを両手の指の間から見ている私は、ふぅっと息を吐く。

……私が《エクラの守護石》を生み出した段階で、もう既に心揺らいでいる証だわ。でも、わ、私はそんなにちょろくないもの！　嫌だと思っていないっていうそれだけだもの！

動揺しながら、私はそんなことを考える。

《エクラの守護石》――それは誰かを大切だと、愛《いと》おしいとそういう好意を抱いた時にのみ生み出される特別な宝石。

だからこそ攫われたエクラ族は守護石を産み落とすことは出来なかった。

その守護石が生み出されたというそれだけで、既に私がルベライトさんに好意を抱いている証だった。……ルベライトさんは、《エクラの守護石》がどのように生まれるか知らないだろうけれど。それをいつか知られてしまったら……っ。そう思うと落ち着かない！

「ヴェルデ、このまま城に戻ろう。私では完璧にヴェルデの傷は治せないからな」

「……そうなんですか？」

「ああ。私は治癒魔法がそこまで得意ではないから」

ルベライトさんはそう口にしたかと思えば、そのまま私を抱えたまま城へと戻るのであった。

＊

「まさか、ヴェルデにちょっかいをかけていた男性というのがこの国の守護神だなんてっ」

フィオーレ様は何とも言えない表情で、睨みつけるようにルベライトさん――グランデフィールの守護神と呼ばれるグラケンハイトのことを見ている。

場所は王城の談話室。この場にいるのはフィオーレ様、陛下、私、ルベライトさんの四名だけである。

「王妃は勇ましいな。私を睨みつける者などそうはいないぞ？　それに私は守護神だと名乗ったわけではない。ただのグラケンハイトだ」

涼しい顔をして、そんなことを言ってのけるルベライトさん。

その会話を黙って聞いている私。

まさか……ルベライトさんが守護神だなんて。

王城へと戻った後、ルベライトさんの正体を聞かされた私はそれはもう驚いたものである。

グランデフィールの建国時より、この国に寄り添う神と呼ばれる存在。

この国が猫という生き物を大切にするのは、グラケンハイト自体が猫の化身だからなのだと聞いた。猫と人の姿の両方を取ることが出来る人ならざるもの——それがルベライトさんだった。

闇を司り、他の属性の魔法適性はあまりないらしい。治癒系の魔法も簡単な傷しか治せないと本人が語っていた。

その事実を知っている者は、グランデフィールでも一部の者だけのようだ。

そして私にルベライトさんがプレゼントしたペンダントの何かの爪は、ほかならぬグラケンハイトの猫の姿の時の爪らしい。自由自在に体の大きさを変えることが出来るみたい。

そんな貴重なものを私にぽんと渡さないでほしいわ。慌てて返そうとしたけれど、受け取ってくれなかった。寧ろ私が《エクラの守護石》を渡していたから、お互い様なんて言われてしまった。

「フィオーレ、グート様にそんな口を利くのはやめてほしいのだが……」

フィオーレ様がルベライトさんへと突っかかっているのを見て、おろおろしているのは陛下である。なんかこういう様子を見ていると思わず笑ってしまいそうになる。

そういえば建国祭での一件以来、フィオーレ様と陛下は名前呼びをしあうようになったようだ。色々あったと聞いた時には心配したけれど、結果的に解決して良かった。それにお二人の仲が縮まったことも嬉しく思う。

フィオーレ様の未来が明るいものになっていると、そう実感すると私は楽しみでならない。これから先、フィオーレ様はこの国の王妃としてどのように偉業を達成していくのだろうか。

それを妄想するだけで、ワクワクが止まらないわ。

「ルード様は黙っていてください！　これは私とグラケンハイト様の大事なお話なのです！」

「ルードヴィグ、私は別に王妃の態度を問題視していない」

フィオーレ様とルベライトさんの両方からそんなことを言われて、陛下はたじたじになり黙り込んだ。

「グラケンハイト様、私は貴方がヴェルデを救ってくださったことはとても感謝しているのですわ。私では悔しいことにヴェルデのことを助けることはできませんでしたから！　だけど、私は聞きましたわよ！　グラケンハイト様は私の可愛いヴェルデに告白紛《まが》いのことをしたのでしょう！」

「そうだな。保留にはされたが」

「軽い気持ちでそんなことをしているというのならば、貴方が守護神だろうとも許さないわ！　ヴェルデを傷つけたりしたら私は絶対に貴方に報復をしますから！」

「くははっ、本当に王妃も流石ヴェルデの主だな。面白い。私は嘘《うそ》はつかないから安心してくれていい。ヴェルデが頷けばそれはもう大切にするつもりだ」

「それならばまぁ……、私の可愛いヴェルデを口説《くど》くことは許してあげますわ。でも、だというのならばヴェルデのことは本当に守らないと駄目よ！　ヴェルデはエクラ族の族長の娘で、他のエクラ族よりも狙われやすいのよ！」

フィオーレ様は相手が守護神だろうと、全く怯《ひる》むことなくそんな風に言い切る。

本当にその様も、フィオーレ様らしくて惚《ほ》れ惚《ぼ》れする。

フィオーレ様の言う通り、私はただのエクラ族というだけではない。

私はエクラ族の中でも族長の娘という特別な立場だった。集落がそのまま継続していたのならば……姫と呼ばれてもおかしくない立場だろう。きっとそんな未来が来ていれば、フィオーレ様と出会うこともなかっただろうけれど。

そういうわけで、私は普通のエクラ族よりも、強い力を持ち、その宝石も大きかったりする。

だからこそ、執拗《しつよう》に私は追い回された。

「もちろんだ」

「……その言葉、破らないでくださいませ」

「あれだったら、魔力で誓おう」

「……グラケンハイト様、貴方、ヴェルデの言っている通り人を信用しすぎだわ。そこまでの誓いはいらないわ」

簡単に魔力と名においてまた誓おうとするルベライトさんに、フィオーレ様は呆れた様子を見せた。それからまた口を開く。

「まぁ、いいわ。この国の守護神であるグラケンハイト様と、そして国王であるルード様がヴェルデのことを守ってくださるというのならば、私にとっては喜ばしいことだもの」

フィオーレ様は笑顔を浮かべてそう告げる。

——フィオーレ様が王妃として相応しいと認められた時に望むと言っていたこと。その中でその時になってから口にすると言っていたことは、私のことだったらしい。

私が救出された後、フィオーレ様は陛下に自分のことと私のことを包み隠さず話した。

ただの侍女だと思っていた私がエクラ族の娘であったこと。そして建国祭のパーティーでフィオーレ様が守られていたのは私から渡された《エクラの守護石》のおかげであったことなどを聞いて、陛下は大変驚いたようだ。

その後、陛下はグランデフィールの方針として私とエクラ族を守ることをフィオーレ様に約束してくれたのだ。

陛下がエクラ族のことを知って目が眩《くら》むような存在でなくてよかった。私がどういう存在か知っても陛下はこれまでと変わらない態度で、そういう部分も含めてフィオーレ様は陛下のことを気に入っているのかもしれない。

「グラケンハイト様はヴェルデのどういったところに惹かれたの？　ヴェルデを口説くというのならば、そのくらい幾らでも答えられますよね？」

フィオーレ様は笑みを浮かべたまま、そう問いかける。何を聞いていらっしゃるの！　と私は驚く。

「そうだな。まずは可愛いところか」

「分かるわ。ヴェルデはとても可愛いもの」

ルベライトさんが笑顔で告げた言葉にフィオーレ様は頷き、それからそのまま私の良いところについて二人で会話を弾ませようとする。

「そういうのは、私の前でしないでください！」

恥ずかしさで余裕がなくなってしまった私が慌てて割って入った。だってこんな風に言われるのは、耐えられないわ。せめて私がいないところでやってほしい。いや、でもそれはそれで恥ずかしいけれど。

「こういう照れているところが可愛い」

「ヴェルデ、無表情を装っていても喜んでいることバレバレよ？」

ルベライトさんとフィオーレ様の二人からそんなことを言われてしまい、私の顔はぼっと益々赤くなった。

「も、もう本当にやめてください！　それよりカフィーシア公爵の処罰などについても聞くのですよね？　そちらの話をしましょう！」

私は叫ぶようにそう言った。

そう、今回はあくまで状況説明と今回の事件の黒幕であるカフィーシア公爵家の処罰に関する報告を聞くために此処に来たのである。

だというのにフィオーレ様とルベライトさんは私の話ばかりしていたのだ。もっと話さなければならないことは別にあるの！

「こほんっ、今回の事件に関してはカフィーシア公爵家が主導して行われた反逆である」

フィオーレ様とルベライトさんに黙るように言われ、黙り込んでいた陛下がそう口にする。澄ました表情を作っているけれど、先ほどまでの情けない様は皆見ていたから意味がないと思う。

「カフィーシア公爵夫人が病に倒れたことで、公爵は心の病を患っていたようだ。娘であるデルニーナ・カフィーシアを甘やかし、その望みを叶えなければならないと今回の件を起こしたようだ。令嬢に関してはフィオーレを排除しようという思いを隣国であるアーゲンドに利用され、刺客を引き入れてしまったという調べはついている。今回はフィオーレもヴェルデもすまなかった。俺がもっと早く、カフィーシア公爵家への対応を出来ていればこんな危険な目には遭わなかったはずだ」

陛下はそう告げると、頭を下げる。

一国の王がこのように頭を下げれば、基本的には受け入れられるのが当然ではあるが――、

「そうですわよ。ルード様、幾ら周りに関心をあまり持てなかったとしてももっと早くに対処が出来たと思いますわ」

「そうだな。あの公爵令嬢が君に対して重い感情を抱いていたことは知っていただろう？」

フィオーレ様もルベライトさんも普通の感覚はしていなかった。ばっさりとそんなことを言い切る。

フィオーレ様にまでそんなことを言われて、陛下はショックを受けた表情をする。

「ルード様、そんなに落ち込まないでくださいませ。これからは私がいますわ。貴方が気づけない部分も、私が気づきますわ。だからこれからはこんなことが起こらないようにすればいいのですわ」

「……フィオーレ」

フィオーレ様の言葉に陛下は感激したような様子で、その名を呼ぶ。

その姿はとても冷酷と名高い国王とは結び付かないだろう。陛下がそういう容赦のない一面を持ち合わせているのは確かであろうが、今、フィオーレ様の前で見せている情けない一面もまた本性なのだろうと思った。

フィオーレ様は陛下に対して可愛らしい一面があると言っていたけれど、それってこういう部分なのかもしれない。

なんだかんだフィオーレ様は、陛下に対して好意を抱いているようだ。そのことは良いことだと私は思う。

「陛下、続きをお願いしますわ」

「ああ。……それでカフィーシア公爵はすでに俺がとどめをさしている。令嬢に関しては斬首刑になることが決まっている。本人は知らなかったと喚いていたようだが、知らなかったでは済まされない。またそれに付き従った者達に関しても処刑もしくは罰を受けることになっている」

フィオーレ様に促されて、陛下は告げる。

陛下に恋心を抱き、暴走し続けた公爵令嬢デルニーナ・カフィーシアは処刑されることが決まっている。

言ってしまえば公爵令嬢は恋をしていただけだ。そして嫉妬《しっと》に狂った時にこれだけの行動を起こすだけの身分と権力を持ち合わせていた。それこそが彼女の不幸だったのだろう。

もしこれだけのことを起こす環境がなければ――ただ普通に恋を諦めて終わりだっただろう。

それを考えると聞いている私は少しだけ複雑な気持ちになった。

「カフィーシア公爵家は取り潰しになり、隣国に関してはグート様が賊を捕縛してくれたおかげで賠償金をもらうことにはなっている。ただし……蜥蜴の尻尾切りにはなっているだろうが」

「本当にその点に関しては腹立たしいことですわ。ヴェルデのことを飼おうなどと馬鹿げた妄言を口にしていた方を処罰できていないなんて」

陛下の言葉にフィオーレ様は憤慨した様子である。

そう、結局のところ、私を攫った男の主にまでは明確に処罰を与えることは出来なかったのだ。

「それでもグート様がヴェルデを守るために動いたことは向こうも分かっているはずだ。だからこそ、これから狙われる可能性は少なくなるだろう」

「それはそうですけれど……」

陛下の言葉に頷き、だけれども少し不満そうなフィオーレ様はそのままルベライトさんの方へと視線を向ける。

「グラケンハイト様、そういうお馬鹿な方達から絶対にヴェルデを守りましょうね！　今回の件でヴェルデのことをエクラ族だと知った者は少なからずいるはずだもの！　そういう連中を全員蹴散らしましょう！」

相手が守護神と知った上でこの言い草なあたりがフィオーレ様らしいなと思う。

私は思わずくすりっと笑った。

私がエクラ族であることは少なくとも隣国には知られてしまった。それに秘密というのはずっと隠しておけるものではない。だから私はこれから狙われることも多くなるかもしれない。

私はそんなことを考えた。——狙われることを理解していても、私は昔ほど心配はしていなかった。

フィオーレ様も、ルベライトさんもいる。それにグランデフィールの国が私を保護すると約束してくれた。なら、きっと大丈夫。

今の状況ならばきっとどうにかなるだろうと確信して、そうして私は笑うのだった。

終章

「ルベライトさん、うろうろするの、やめて」

「別にいいだろう？　邪魔はしていない」

建国祭の一件の始末を終えたしばらく後、いつも通り王妃の侍女としての仕事をこなすヴェルデの足元には猫の姿のグラケンハイトがいる。

グラケンハイトはあの一件以来、ヴェルデの傍《そば》によくいるようになった。

本人曰《いわ》く、傍にいた方が何かあった時どうにかしやすいからというのが理由のようだが、ただ単に彼がヴェルデの傍にいたいだけだろう。

彼らがいる場所は王城の廊下である。ヴェルデの足元をグラケンハイトはとてとてと歩いている。

その様子を見ると、ただの侍女に懐《なつ》く愛らしい猫にしか見えない。

王城に勤める人々はただ灰色の毛並みの猫がヴェルデという少女に懐いているとしか思えないので、微笑《ほほえ》ましく見守っているようだ。

まさか、それがこの国の守護神と呼ばれているグラケンハイトとは誰も思っていないのだろう。

「そうだけど、正直うろうろされると気が散るの」

ヴェルデがそんな風に文句を口にしても、グラケンハイトは楽しそうな様子で、まとわりつくのをやめない。

ヴェルデがこうしてグラケンハイトに砕けた口調になっているのは、「猫の時はため口だっただろう」と言われたためである。

「なら、人の姿の方がいいか？」

「それもそれで落ち着かないの。私は仕事中なんだから！」

猫の姿だろうが、人の姿だろうが、どちらだったとしても仕事中に周りをうろうろされれば気が散るのは当然であった。

そんな会話を交わしているその場に、別の声が飛んでくる。

「あら、ヴェルデとグラケンハイト様、何をしているの？」

「グート様、今日もヴェルデに付きまとっているのですか？」

それは国王夫妻である。

その後ろに付き従っているヨーランドもグラケンハイトのことを把握しているため、誰も隠す気はなさそうだ。

「ヴェルデの傍にいるだけだ。付きまとうとは失礼な」

そう言いながら魔力を纏《まと》い、そのまま猫の姿から人へと変化させる。

ヴェルデは何度見ても、自由自在に猫と人の姿を行き来するグラケンハイトに慣れないなと思う。

両方とも確かにグラケンハイトの一面であるが、猫の姿と人の姿では大分感じ方が異なる。

「申し訳ございません。グート様。しかし……ヴェルデは王城に仕える侍女です。グート様が周りをうろついていては仕事に支障をきたしてしまうかもしれません」

ルードヴィグがそう口にすると、グラケンハイトは少し思考する様子を見せる。

「それもそうか」

そう口にしてくれたことに、ヴェルデはほっとする。

常に守護神が……というより、自分への好意を隠しもしない存在に近くにいられてはヴェルデは落ち着かないのである。

だけどグラケンハイトは予想外の言葉を口にする。

「ふむ。良いことを思いついた。私も側仕《そばづか》えをやればいいのか」

「グート様？　何をおっしゃっているのですか？」

グラケンハイトの言葉に真っ先に突っ込みを入れたのは、青ざめた顔のルードヴィグであった。それに対して、グラケンハイトは楽しそうな笑みを浮かべている。国王の心労など全《まった》く気にしていないのだろう。

「私がルードヴィグに仕える者――執事か。そういう立場になればヴェルデとの時間も自然と増えるだろう？　ヴェルデは王妃の侍女だから共に過ごせるようになるだろう」

柔らかい笑みを浮かべたまま、そう言い切るグラケンハイト。

その反応は三者三様である。

「まぁ！　それは素敵だと思うわ。グラケンハイト様には執事服が似合いそうですもの」

フィオーレは目を輝かせて、告げる。

「グ、グート様！　何をおっしゃっているのですか！　そんなこと恐れ多い！」

ルードヴィグは顔を青ざめさせる。

「ルベライトさん、そのような戯言《ざれごと》を言うのはやめましょう。陛下の顔を見てよ。ほら、こんなにも青ざめてるのよ」

ヴェルデは呆《あき》れたような表情で、そう言ってのける。

「なんだ、良い思い付きだと思ったのだが」

そう口にするグラケンハイトは何だかもう既に執事をやる気満々のようにヴェルデには見えた。

「……本当にルベライトさんがそうしたいなら、陛下と相談して執事をやるならやったら？　私は貴方《あなた》が傍にいると落ち着かないけど、い、嫌なわけじゃないし」

ヴェルデが照れた様子で顔を赤くして、ぼそっとそんなことを口にする。

その言葉を聞いて、グラケンハイトは嬉しそうに笑うのだった。

――グランデフィールの王城は、今日も平和である。

あとがき

こんにちは。池中織奈と申します。

この度は本作を手に取っていただきありがとうございます。

これまでＷＥＢからの書籍化ばかりだったのですが、ご縁をいただき、完全書き下ろしで丸々一冊書かせていただきました。

本作は大国に嫁いだお姫様の侍女という立場の女の子が主人公です。

私自身がよく見かける話の脇役や少し捻った話が好きなのもあり、お姫様であるフィオーレではなく、侍女であるヴェルデを主人公にさせていただきました。異世界ファンタジーは読むのも書くのも好きで、お相手を人外にしたいと思い、グラケンハイトが出来上がりました。

私自身の好きな設定やストーリーを沢山詰め込んだ物語なので、書いていてとても楽しかったです。

魔法、守護神、宝石の一族など様々な要素を沢山入れた本作を楽しんでいただけたら嬉しいです。

個人的にはヴェルデとフィオーレの主従がお気に入りです。またグラケンハイトとルードヴィグの関係性も書いていて楽しかったです。メインの登場人物の一人でも気に入っていただけたらなと思っています。

最後に、こうして形になるまで支えてくださった全ての皆さまに感謝の言葉を述べたいと思います。本作を形にするにあたりお世話になった担当様、登場人物たちの姿を描いてくださったにわ田先生、出版に至るまでに協力してくださった全ての皆様へ感謝の気持ちしかありません。

この本を購入してくださった皆様も、本当にありがとうございます。これからも皆様の心を動かせるような物語を書き続けるように頑張ります。

池中　織奈

引きこもり令嬢と聖獣騎士団長の聖獣ラブコメディ！

『引きこもり令嬢は話のわかる聖獣番』

著者・山田桐子
イラスト：まち

ある日、父に「王宮に出仕してくれ」と言われた伯爵令嬢のミュリエルは、断固拒否した。なにせ彼女は、人づきあいが苦手で本ばかりを呼んでいる引きこもり。王宮で働くなんてムリと思っていたけれど、父が提案したのは図書館司書。そこでなら働けるかもしれないと、早速ミュリエルは面接に向かうが――。どうして、色気ダダ漏れなサイラス団長が面接官なの？　それに、いつの間に聖獣のお世話をする聖獣番に採用されたんですか⁉

一迅社文庫アイリス

人の姿の俺と狐姿の俺、どちらが好き？

『お狐様の異類婚姻譚
元旦那様に求婚されているところです』

「嫁いできてくれ、雪緒。……花の褥の上で、俺を旦那にしてくれ」
幼い日に神隠しにあい、もののけたちの世界で薬屋をしている雪緒の元に現れたのは、元夫の八尾の白狐・白月。突然たずねてきた彼は、雪緒に復縁を求めてきて――⁉
ええ⁉　交際期間なしに結婚をして数ヶ月放置した後に、私、離縁されたはずなのですが……。薬屋の少女と大妖の白狐の青年の異類婚姻ラブファンタジー。

著者・糸森 環
イラスト：凪かすみ

大国《たいこく》に嫁《とつ》いだ姫様《ひめさま》の侍女《じじょ》の私《わたし》
守護神《しゅごしん》がいる国《くに》で姫様《ひめさま》のために暗躍中《あんやくちゅう》です

2025年3月1日　初版発行

著　者■池中織奈

発行者■野内雅宏

発行所■株式会社一迅社
〒160-0022
東京都新宿区新宿3-1-13
京王新宿追分ビル5F
電話03-5312-7432（編集）
電話03-5312-6150（販売）

発売元：株式会社講談社
（講談社・一迅社）

印刷所・製本■大日本印刷株式会社

ＤＴＰ■株式会社三協美術

装　幀■前川絵莉子
（next door design）

ISBN978-4-7580-9707-9

●この作品はフィクションです。実際の人物・団体・事件などには関係ありません。

この本を読んでのご意見
ご感想などをお寄せください。

おたよりの宛て先

〒160-0022
東京都新宿区新宿3-1-13
京王新宿追分ビル5F
株式会社一迅社　ノベル編集部
池中織《いけなかおり》奈《な》 先生・にわ田《た》 先生